Imke und die gestohlenen Trikots

Hergestellt in Deutschland
2. Auflage
Corinna Behrens
Gaiglstr. 19 - 80335 München
http://www.Corinnabehrens.de
Connys-shop@mail-buero.de

ISBN: 1494945339
ISBN-13: 978-1494945336

Imke

und die gestohlenen Trikots

Ein Roman rund um den Frauen- und Mädchenfußball

Corinna Behrens

Das Buch

Was passierte mit den neuen Trikots der Mädchenmannschaft des SV Winkelbach, die kurz vor dem entscheidenden Meisterschaftsspiel spurlos verschwinden? Welches Geheimnis verbirgt sich hinter dem Diebstahl?
Schafft es die junge, talentierte Fußballerin Imke, zusammen mit ihren Freundinnen, den Fall aufzuklären?

Ein Roman rund um den Frauen- und Mädchenfußball

Zur Autorin

Corinna Behrens wurde in Wilhelmshaven geboren. 1989 zog sie nach München. Von Kindesbeinen an begleitet sie der Fußball. Jahrelang spiele sie selbst aktiv und schaffte es sogar bis in die 2. Liga. Sie trainierte jahrelang Juniorinnen- und Frauenteams.

Die Schriftstellerei ist ihre zweite Leidenschaft.

Um auch in der Literatur dem Frauen- und Mädchenfußball eine Stimme zu geben, kam es zur Idee dieser Buchserie.

Mehr über die Autorin auf ihrer Website:

http://www.Corinnabehrens.de

Danksagung

Der Deutsche Fußballbund (DFB) hob am 31.10.1970 sein Verbot über Frauenfußball auf. Mein Dank richtet sich an die Frauen und Männer, die mutig und unerschütterlich dafür eintraten. Sie schafften die Voraussetzungen, dass in Deutschland jedes Mädchen die Möglichkeit hat, Fußball zu spielen.

In vielen Ländern kämpft der Frauenfußball aber auch heute noch um gesellschaftliche Anerkennung.

Corinna Behrens

Überraschung

»Toooooor!« Jubelnd riss Imke die Hände in die Höhe. Ihre Mitspielerinnen rannten auf sie zu und es bildete sich eine jubelnde Spielerinnentraube. Mit einem sehenswerten Kopfball hatte Imke ihr Team, den SV Winkelbach, erneut in Führung gebracht.

»Aufpassen jetzt«, rief Bärbel, die Trainerin, ihren Spielerinnen zu. »Ihr habt noch nicht gewonnen. Konzentriert euch noch einmal.«

Es waren nur noch wenige Augenblicke zu spielen. Die gegnerische Stürmerin tankte sich in den Strafraum. Mit letzter Kraft warf sich Karin, die Abwehrchefin und Spielführherin, in den Schuss und konnte den Ball abwehren. Kurz danach ertönte der Schlusspfiff.

Die zahlreichen Zuschauer klatschten anerkennend, während sich die Winkelbacher Mädchen erschöpft aber glücklich abklatschten.

Imke strahlte über das ganze Gesicht. Sie war körperlich kleiner als ihre Mitspielerinnen. Ihre kurzen schwarzen Haare waren wild durcheinandergeraten. Ihre

Eltern, die sich fast jedes Spiel ihrer Tochter ansahen, nahmen sie in die Arme.

»Ein Sieg noch und wir sind Meister«, jubelte Imke.

»Naja«, wiegelte ihr Vater ab. »Es wird schwer, den Tabellenführer zu besiegen.«

Imke schüttelte übermütig den Kopf. »Mit der Leistung von heute werden wir auch den TUS schlagen!«

»Dem Rudi täte ich es schon gönnen, wenn sein Team zum Schluss noch abgefangen werden würde «, murmelte Imkes Vater.

»Eben Papa«, nickte Imke. »Der hat doch fest mit dem Meistertitel gerechnet.« Rudi Dormann war Bauunternehmer und der größte Arbeitgeber in der Region. Er war ein riesiger Fan des Mädchenfußballs, seit seine Zwillingstöchter, Gunhild und Elisabeth diesen Sport ausübten und unterstützte den TUS Neustadt großzügig. Dafür erwartete er auch einen entsprechenden sportlichen Erfolg. Die Mädchen spielten erfolgreich und besiegten die Gegnerinnen nach Belieben. Nur der kleine Dorfverein SV Winkelbach erwies sich als ebenbürtig. Im Gleichschritt marschierten die beiden Teams durch die Liga. Im Hinspiel trennten sie sich 2:2 Unentschieden. Bereits damals war es eine äußerst spannende und ausgeglichene Begegnung.

Plötzlich stupste jemand Imke an und sagte: »Schönes Tor, Mädchen!«

Sie drehte sich um und sah Rudi Dormann mit seinen beiden Töchtern. Er war ein gutaussehender, schlanker und drahtiger Mann.

»Guten Tag Frau Strobel, Martin«, nickte er Imkes Eltern zu. Dann wandte er sich erneut an Imke: »Eine Spielerin wie dich können wir nächstes Jahr gebrauchen«.

»Ach Vater, lass sie doch«, sagte Gunhild und sah Imke herablassend an.

Imke mochte weder Herrn Dormann noch Gunhild oder Elisabeth, die sie für hochnäsige Ziegen hielt. Aber sie bemühte sich freundlich zu sein, denn Herr Dormann war Mandant in der Anwaltskanzlei ihres Vaters. Ihm zuliebe biss sie sich auf die Lippen und lächelte. »Danke Herr Dormann. Aber ich möchte mit meinen Freundinnen weiterspielen.«

»Aber du solltest dein Talent nicht so verschleudern. Man muss zusehen, dass man im Leben weiterkommt. Dieser kleine Verein wird dich nicht weiterbringen.«

»Mir gefällt es hier und wir können nächste Woche Meister werden.«.

Die drei Dormanns lachten laut. »Euer Sieg heute hat uns echt Angst gemacht«, lästerte Elisabeth und ließ ihre Hände und Knie erzittern.

»Ihr seid doch keine Meistermannschaft?« höhnte Gunhild. »Man muss sich doch nur eure Trikots ansehen.« Abschätzend musterte sie Imke. »Die sind doch bestimmt hundert Jahre alt.«

Imke fühlte sich auf einmal unwohl. Sie sah an sich herunter und musste zugeben, dass Gunhild nicht Unrecht hatte. Der Trikotsatz war lange nicht mehr vollständig.

Großmütig klopfte Herr Dormann ihr auf die Schulter. »Zu einer klasse Spielerin gehört auch der beste Verein. Bei uns spielst du in den neusten Trikots, bekommst einen Trainingsanzug, Ausgehanzug, jede Saison ein paar Fußballschuhe und ein einwöchiges Trainingslager gesponsert. Im August fliegen wir nach Kreta und nehmen an einem internationalen Turnier teil. Da muss es doch jeder talentierten Fußballerin in den Füßen kribbeln. Gib dir einen Stoß, Imke.«

Ihre Eltern hatten schweigend zugehört und Imke spürte, wie ihre Mutter den Arm um sie legte.

Es hörte sich alles verlockend und toll an. Aber sie spielte doch so gerne in ihrem Verein und war von ihrer Trainerin begeistert.

Sie erinnerte sich noch gut an ihren ersten Trainingstag. Einige Wochen zuvor war die Familie Strobel nach Winkelbach gezogen. Am Anfang fühlte sich Imke einsam. Sie war Einzelkind, immer die Kleine und schüchtern. Am liebsten vergrub sie sich zuhause in ihren Büchern, hörte Musik und träumte vor sich hin. In ihrer neuen Klasse saß sie neben Tina, großgewachsen, voller Tatendrang, redselig und mitreißend. Sie überredete Imke, mit ihr zum Fußballtraining zu gehen. Tina war die Torhüterin des SV Winkelbach. Zunächst erfand Imke immer eine Ausrede. Doch Tina war hartnäckig und irgendwann stand Imke tatsächlich auf dem Fußballplatz. Sie war überrascht, wie viele Mitschülerinnen sie dort traf. Anfangs trainierte Imke sehr gehemmt, doch alle motivierten sie, dabei zu bleiben. Aber es war vor allem die Trainerin Bärbel, die Imke überzeugte, dass der Fußball und sie zusammengehörten. Bärbel sah sofort, welches Talent in ihr schlummerte. Mit viel Geduld gab sie der kleinen Spielerin immer mehr Selbstbewusstsein. In den ersten Spielen traute sie sich noch nicht viel zu. Doch bald merkte Imke, dass ihre Körpergröße ein Vorteil war. Sie bewegte sich flinker und trickreicher als ihre Gegenspielerinnen. Mit jeder neuen Begegnung stieg das Selbstvertrauen. Inzwischen zählte Imke längst zu den Leistungsträgerinnen ihrer Mannschaft. Sie schoss nicht nur entscheidende Tore, sondern bereitete auch viele Aktionen für ihre Mitspielerinnen vor. Imke war technisch begabt, besaß ein großes Kämpferherz und liebte den Fußball. Auch außerhalb des Fußballplatzes wurde sie aufgeschlossener und unternehmenslustiger. Mit Tina verband sie inzwischen eine tiefe Freundschaft.

Plötzlich riss Bärbels Stimme Imke aus ihren Gedanken. Die athletische Trainerin rief ihre Spielerinnen zusammen.

»Ich habe eine tolle Nachricht für euch«, sagte sie und blickte lächelnd in die Runde.

Erwartungsvoll sahen die Mädchen ihre Trainerin an. Auch die Eltern waren inzwischen näher getreten.

Bärbel grinste und ihre Spielerinnen wurden ungeduldig.

»Sag endlich, was los ist?«, rief Tina.

»Also, eure Eltern, der Vorstand und sonstige Gönner haben Geld gesammelt…«. Die Mädchen lauschten atemlos.

»Wir haben…«, die Trainerin deutete mit einer Handbewegung in Richtung der Kabine. Karin, die Abwehrchefin und Mannschaftsführerin trat in einem blauschwarzen Trikot heraus.

»… einen neuen Trikotsatz«, vollendete Bärbel.

Ein Aufschrei der Freude ging durch die Reihen. Die Mädchen rannten auf Karin zu, strichen über das Trikot, umarmten sich, ihre Eltern und die Trainerin. Alle redeten durcheinander.

Imke blickte sich um und sah triumphierend Herrn Dormann und seine zwei Töchter an. Sie unterdrückte das Verlangen, ihnen die Zunge herauszustrecken.

»Nächste Woche weihen wir die Trikots ein und nehmen uns vor, damit Meister zu werden«, sagte Bärbel.

»Jaaa«, »Juchu«, riefen die Winkelbacher Spielerinnen überschwänglich..

»Können wir nicht alle ein Trikot mit nach Hause nehmen.« Tanja, die Mittelfeldregisseurin, sah mit ihren rehbraunen Augen ihre Trainerin flehend an.

Doch Bärbel schüttelte lächelnd den Kopf. »Nachher vergesst ihr es zuhause! Nein, nein. Wir legen sie zurück in den Koffer und verschließen sie in unserer Kammer.«

Lauter glückliche Mädchen gingen an diesem Tage nach Hause. Niemand konnte ahnen, dass diese Freude nicht lange anhalten sollte.

Ein gemeiner Diebstahl

Als Imke, Tina und Tanja am Montagnachmittag mit ihren Fahrrädern auf den Sportplatz einbogen, sahen sie einen Polizeiwagen auf dem Gelände stehen.

Die drei Freundinnen bremsten und stiegen von ihren Fahrrädern ab.

»Was macht die Polizei hier«. Tina sah ihre Freundinnen erstaunt an.

»Vielleicht suchen sie dich«, sagte Imke grinsend.

»Na klar. Ich bin eine ganz Gefährliche. Ihr solltet euch vor mir in acht nehmen«. Tinas Stimme wurde immer tiefer.

»Hör auf, ich bekomme ja Angst vor dir«. Tanja schüttelte den Kopf, doch dann begannen alle drei, gleichzeitig an zu kichern.

Sie liefen die letzten Meter zum Fahrradstand, sperrten ihre Räder ab und gingen mit ihren Sporttaschen zur Kabine.

Dort standen Willi Janssen, der Vorsitzende des Vereins, Leo Gehrlich der Platzwart, Bärbel und zwei Polizisten. Alle fünf schauten ratlos in das kleine

Gerätehäuschen, in dem auch die Kammer mit den Trainingsgeräten und Trikots für die Spielerinnen war.

»Bärbel, was ist passiert?«, fragte Imke.

Fünf Blicke richteten sich auf die Mädchen.

»Ach ihr. Ist schon so weit. Nun, ja, ähm…«, stammelte die Trainerin.

Leo Gehrlich starrte betroffen vor sich hin und die beiden Polizeibeamten sahen interessiert von einem zum anderen.

Willi Janssen räusperte sich einige Male. Dann hockte er sich hin und legte die Arme um die drei Mädchen.

»Tja, das ist eine merkwürdige Sache.« Wieder räusperte er sich

Ein flaues Gefühl breitete sich in Imkes Magen aus.

»Stellt euch vor, Eure neuen Trikots sind gestohlen worden.«

Imke erstarrte. »Nein, das kann doch nicht sein«.

»Doch, es ist so«, sagte Bärbel und kratzte sich am Kopf.

»Sie sind wirklich weg?« Tinas Stimme zitterte.

Tanja stampfte mit dem Fuß und ballte die Fäuste: »Wie konnte das passieren? Sie waren doch eingeschlossen!«

»Der Dieb oder die Diebe sind wohl nachts gekommen, haben die Türen aufgebrochen und tatsächlich nur diesen einen Trikotkoffer mitgenommen«, erklärte einer der Polizisten.

»Warum unsere neuen Trikots?« Tina lief die Tränen über das Gesicht. »Das ist so gemein!«

Imke legte den Arm um ihre Freundin. Es fiel ihr schwer, Tina zu trösten, denn sie fühlte sich auch hilflos.

»Eigentlich kann doch niemand etwas mit den Trikots anfangen, denn sie sind doch mit unserem Vereinsnamen beflockt.« Bärbel sah fragend in die Runde.

»Interessant«, sagte einer der Polizisten. »Das schränkt den Täterkreis ein.«

Imke sah plötzlich die Dormanns vor sich und hörte sich sagen: »Für die Täter war es vielleicht uninteressant, ob der Vereinsname hinten draufsteht oder nicht. Kann doch sein, dass sie unser Team mit diesem Diebstahl nur durcheinander bringen wollten.«

Alle starrten Imke überrascht an. »Hast du einen Verdacht?«, fragte Willy Jansen.

Imke kaute auf ihrer Unterlippe. Diese Vermutung konnte sie doch unmöglich äußern. »Nein, es ist nur so ein Gedanke«, sagte sie deshalb und nahm ihren Arm von Tinas Schulter. »Am Samstag bekamen ja genügend Leute mit, dass wir Trikots bekommen haben. Der neue Trikotsatz bedeutete eine zusätzliche Motivation in Hinblick auf das entscheidende Meisterschaftsspiel. Und nun das.« Imke blickte zum Boden, damit niemand ihre Tränen sah.

Ein weiteres Auto kam auf die Anlage gefahren. Es war unverkennbar der olivefarbene Jeep von Paul Berger, dem Jugendleiter. Paul Berger war Ende fünfzig und schon über dreißig Jahre im Verein tätig.

»Was ist denn hier los?«, fragte er mit lauter Stimme. Sein Ton hat immer etwas Strenges und Zackiges, so dass jeder das Gefühl hatte, vor ihm strammstehen zu müssen. Obwohl er sich bereits seit über fünf Jahren im Ruhestand befand, konnte er den Berufssoldaten nicht verleugnen.

»Stell Dir vor, die neuen Trikots der Mädels sind gestohlen worden«, informierte ihn Willy Jansen.

»Ist noch mehr weggekommen?« fragte er.

»Nein, die haben die Tür aufgebrochen und nur diesen Trikotkoffer an sich genommen. Verrückt, was?«

Paul Berger schüttelte den Kopf. »Na, die werden schon wieder auftauchen.«

»So ein Blödmann«, dachte Imke. Sie mochte Paul Berger nicht. Zu deutlich zeigte er, dass er für Mädchen- und Frauenfußball nichts übrig hatte.

»Wir haben die Anzeige aufgenommen«, sagte einer der Polizisten. »Mehr können wir im Moment leider nicht tun. Wenn ihnen noch etwas einfällt, was auf den Täter schließen könnte, informieren sie uns bitte.«

Die beiden Männer setzten sich ins Auto und fuhren davon.

»Und nun«, schluchzte Tina, die sich immer noch nicht beruhigen konnte. »Was passiert jetzt?«

»Wir haben ja eine Versicherung gegen Diebstahl«, tröstete sie der Vereinsvorsitzende. »Ihr bekommt schon wieder neue Trikots. Aber bis zum nächsten Spiel wird das natürlich nicht mehr klappen.«

Keine der Spielerinnen war in der Lage, sich auf das Training zu konzentrieren. Sie waren alle wütend und enttäuscht. Imke konnte sich nicht daran erinnern, jemals so lustlos trainiert zu haben. Irgendwann reichte es der sonst so geduldigen Trainerin. Sie beendet frühzeitig das

Training und appellierte an die Mädchen, sich wieder auf das Wesentliche zu konzentrieren.

»Das letzte und entscheidende Spiel liegt vor uns. Wäre es nicht ärgerlich, wenn wir die Arbeit einer Saison verspielen, weil wir nicht mehr bei der Sache sind?« Ihre Spielerinnen nickten betrübt.

»Am Mittwoch werden wir wieder voll Gas geben«, versprach Tanja. »Wir sind alle nur unendlich traurig. Aber wir wollen natürlich den TuS schlagen, ist doch klar!«

»Okay, dann ab nach Hause und Mittwoch in alter Frische!«

Während die Spielerinnen langsam in die Kabine trotteten, hakte sich Imke bei ihren Freundinnen Tanja und Tina ein.

»Was meint ihr, wer die Trikots gestohlen hat?«, fragte sie die beiden.

Tina schüttelte verzweifelt den Kopf. »Wenn ich das nur wüsste... Hast du doch eine Vermutung?«

Erwartungsvoll sahen die beiden Imke an.

»Es klingt verrückt, aber ich sehe immer den Gesichtsausdruck von Herrn Dormann vor mir. Der weiß genau, dass uns dieser neue Trikotsatz noch einen Kick gegeben hätte. Aber für ihn und dem TuS ist die Meisterschaft fast Pflicht. Versteht ihr, was ich meine?«

Mit offenem Mund starrten die beiden Imke an.

»Das hast du aber noch keinem erzählt?« flüsterte Tanja aufgeregt.

Imke schüttelte den Kopf.

»Behalte das bloß für dich. Leg dich nur nicht mit dem Dormann an!« Eindringlich sah Tanja ihre Freundin an. »Oder hast du Beweise?«

»Nein, natürlich nicht. Vielleicht hat er es auch nicht selbst getan, sondern jemandem den Auftrag gegeben. Der macht sich doch bestimmt nicht die Finger schmutzig!«

»Psst, nicht so laut«, wisperte Tina. »So Unrecht hast du ja nicht. Der TuS hätte am meisten davon, wenn wir uns jetzt so hängen lassen.«

»Eben«, nickte Tanja. »Deswegen konzentrieren wir uns auf das Fußballspiel und überlassen der Polizei diesen Fall!

»Na klar, die Polizei hat auch nichts anderes zu tun, als unsere Trikots wiederzufinden«, entgegnete Imke spitz. »Ich wette mit Euch, dass sie die Anzeige schon zu den ungeklärten Fällen gelegt haben.«

Tina starrte ihre Freundin fassungslos an. »Echt?«, fragte sie ungläubig.

Imke nickte. »Bestimmt. Wir müssen das in die Hand nehmen.«

»Du hast kein Vertrauen zur Polizei.« Tanja boxte ihre Freundin leicht in den Oberarm. »Vielleicht haben sie bereits eine Spur und unsere Trikots sind schneller wieder da, als wir überhaupt zu hoffen wagen.«

»Ja, schon am Wochenende, dann werden wir mit den tollen Trikots den TuS schlagen.« Tina hob ihre Arme jubelnd in die Höhe.

»... und Herr Dormann überweist uns dann eine Meisterschaftsprämie.« Imke grinste. »Ihr seid echt zwei Träumerinnen.« Herausfordernd schaute Imke ihre beiden Freundinnen an: »Also, ich werde nicht untätig dasitzen und warten, dass etwas passiert.«

»Was willst du tun?« fragten Tina und Tanja wie aus einem Munde.

Imke überlegte kurz und entgegnete: »Ich muss noch nachdenken. Lasst uns das Morgen in der Schule besprechen.«

In der Höhle des Löwen

Die Kinder aus Winkelbach mussten in Neustadt zur Schule gehen. Imke fuhr die knapp fünf Kilometer meist mit dem Fahrrad, während Tina und Tanja den Schulbus bevorzugten. Als sie auf den Schulhof einbog, stellten sich Gunild und Elisabeth ihr in den Weg. Imke machte eine Vollbremsung und fiel dabei fast über den Lenker.

»Seid ihr verrückt«, rief sie.

»Wir wollten dir und deinem Team nur unsere Anteilnahme aussprechen, ha ha ha…«, laut prusteten die beiden los.

Imke schubste Gunhild zur Seite. »Blöde Ziegen, woher wisst ihr von dem Diebstahl?«

»Tja, wir wissen halt über alles Bescheid…«, entgegnete Gunhild und schubste Imke zurück.

»Jetzt müsst ihr weiter in euren peinlichen Lumpen spielen.« Elisabeth nickte zustimmend. »So kann es gehen, wie gewonnen, so zerronnen.«

»Euch sind ja die Trikots wichtiger als uns.«. Imke tat erstaunt. »Man könnte fast meinen, ihr habt ein Motiv für den Diebstahl.«

»Du spinnst wohl.“ Gunhild tippte sich an die Stirn. »Das erzähl ich meinem Vater.«

»Bääh, das erzähl ich meinem Vater«, äffte Imke sie nach. »Mach doch, ich wundere mich doch nur über eure Reaktion. Außerdem gewinnen wir am Wochenende, mit welchen Trikots auch immer.« Sie streckte den beiden die Zunge heraus. Dann schwang sie sich wieder aufs Fahrrad und rollte zum Fahrradständer. Dort warteten bereits Tina und Tanja. Schnell erzählte Imke ihren beiden Freundinnen von dem Gespräch mit den Zwillingen. Tanja schüttelte den Kopf. »Du hättest deine Vermutung nicht aussprechen sollen. Wenn sie wirklich die Diebe sind, was ich aber nicht glaube, dann sind sie gewarnt.«

»Oder sie werden nervös«, überlegte Tina. »Sie halten uns ja für blöd und meinen, wir durchschauen sie nicht.«

Imke nickte zustimmend. »Vielleicht bringen sie die Trikots zurück, weil sie glauben, wir wissen etwas. Als Diebe wollen sie ja nicht entlarvt werden.«

»Was haben wir jetzt überhaupt«, fragte Tina und biss herzhaft in ihre Frühstücksemmel, die sie eigentlich für die erste Pause mitgebracht hatte.«

»Mathe«, sagten Imke und Tanja gleichzeitig.

»Iiiih«, schüttelte sich Tina. »Der Möller am frühen Morgen. Der Tag kann nur noch besser werden.«

Die Fußball spielenden Winkelbacher Schülerinnen standen in der ersten großen Pause zusammen und diskutierten aufgeregt.

»Meine Eltern sind total aufgebracht«, berichtete Lisa, die am liebsten links im Sturm agierte. »Immerhin haben sie fünfzig Euro gespendet«.

Karin nickte. »Bei meinen war es genauso. Mein Vater geht heute zur Polizei und will ein bisschen Druck ausüben.«

»Super«, sagte Lydia, die mit ihrer »Pferdelunge« im defensiven Mittelfeld unentbehrlich war. »Meine Mutter meint nämlich auch, dass die Polizei nicht viel unternehmen wird.«

Imke sah Tina und Tanja triumphierend an.

»Mein Vater meint, dass es sich nur um einen Streich handelt und morgen der Koffer wieder im Regal liegt.« Dani war die Größte in der Mannschaft und brachte als Verteidigerin die gegnerischen Stürmerinnen zur Verzweiflung.

»Dein Vater ist ein Optimist.« Sonja, die neben Dani verteidigte, schälte eine Banane. »Jemand wollte uns richtig wehtun und das hat er auch geschafft. Die Trikots werden auf keinen Fall vor dem Wochenende wieder auftauchen.« Herzhaft biss sie in die Banane.

Imke nickte zustimmend. »Überlegt doch mal, wer etwas davon hat, uns eins auszuwischen?«

Die Mädchen sahen Imke erwartungsvoll an.

»Jemand der uns nicht mag«, meinte Sonja kauend.

»Wer sollte uns nicht mögen«, fragte Tina grinsend.

»Naja, der TuS, zumindest die meisten Spielerinnen«, sagte Karin.

Zustimmendes Gemurmel war zu vernehmen.

»Du glaubst doch nicht, dass die Spielerinnen vom TuS unsere Trikots klauen?« Lydia schüttelte den Kopf.

»Die wollen oder müssen fast Meister werden. Vielleicht würden sie alles unternehmen, um uns zu schwächen.«. Imke stemmte die Hände in die Hüfte.

»So weit würden die Mädels nicht gehen«, widersprach Lydia voller Überzeugung.

»Ich weiß nicht.« Sonja kaute auf ihrer Unterlippe. »Gunhild und Elisabeth würde ich einiges zutrauen«.

»Eben«, nickte Imke und erzählte den Mädchen von dem Gespräch mit den beiden.

»Was sollen wir tun?« fragte Dani. »Sie in den Schwitzkasten nehmen und ein Geständnis herauspressen?«

Alle lachten bei der Vorstellung.

»Ich habe eine Idee«, rief Imke. »Mein Vater hat heute Nachmittag einen geschäftlichen Termin bei Herrn Dormann. Ich werde mitgehen und mich ein wenig umschauen.«

»Meinst du nicht, dass das auffällt?«, fragte Tanja. »Du bist doch sonst nie dabei.«

Imke grinste. »Das stimmt allerdings. Doch Herr Dormann will mich zum TuS holen, er hat mir ein eindeutiges Angebot gemacht…«

»Waaaas?« Ein Aufschrei der Empörung ging durch die Reihen der Mädchen.

»Vor dem wichtigen Spiel macht der dir das Angebot«, schimpfte Karin. »Na warte, dem werden wir es zeigen!«

»Du darfst nicht weggehen!« Tina umarmte ihre Freundin.

»Beruhigt euch.« Imke war gerührt von der Reaktion ihrer Mitspielerinnen. »Ich tu doch nur so, als würde ich zum TuS wechseln. Vielleicht erfahre ich dadurch einiges.

»Keine schlechte Idee.« Tanja klopfte Imke auf die Schulter.

»Aber nichts unterschreiben, sonst bekommst du Ärger mit uns.« Karin hob drohend den Zeigefinger.

Das andauernde Gebimmel der Pausenglocke beendete die Diskussion.

»Du willst mitkommen?« fragte Herr Strobel und sah seine Tochter überrascht an.

Imke nickte eifrig.

»Das hat nicht zufällig mit dem Spiel am Wochenende zu tun?«

»Papa, meinst du etwa, der Dormann gibt mir Tipps, wie wir den TuS schlagen können?«

Lächelnd erwiderte Herr Strobel: »Ich kenne dich, Kleine. Du würdest nie freiwillig zu den Dormanns mitgehen, wenn du nicht irgendetwas im Schilde führen würdest.«

»Naja, er hat mir doch das Angebot gemacht. Vielleicht kann er mir noch etwas über das Turnier auf Kreta erzählen.«

»Ob er dafür Zeit hat? Aber der Rudi ist ja so fußballverrückt geworden. Wahrscheinlich wird er wegen dir meinen Termin verschieben.«

»Ach Papa.« Grinsend boxte Imke ihren Vater in den Oberarm.

Die beiden stiegen in den Wagen und fuhren los.

»Gibt es schon etwas neues von den Trikots«, fragte Imkes Vater.

Imke hatte ihre Eltern natürlich ausführlich über den Diebstahl informiert. Nur ihren Verdacht hatte sie für sich behalten.

Imke schüttelte den Kopf. »Aber Karins Vater wollte heute bei der Polizei ein bisschen Druck ausüben. Er glaubt auch, dass die nicht viel unternehmen werden.«

»Tja, das ist wohl wahr. Man weiß ja auch nicht, wo man Verdächtige finden soll. Wer klaut schon einer Mädchenmannschaft die Trikots. Unfassbar.«

Rudi Dormann empfing seine Geschäftspartner zuhause. In der imposanten dreistöckigen Villa fanden im Erdgeschoss zwei Büroräume und ein großzügiges Empfangszimmer ihren Platz. Wie immer bei geschäftlichen Treffen trug der Bauunternehmer einen vornehmen Anzug. Eine gelbgoldene Spange mit dem Modell eines Golfschlägers zierte die Krawatte. Herr Dormann war Ehrenmitglied des Golfclubs Neustadt und erhielt vor ein paar Jahren als Dank für die großzügige finanzielle Unterstützung dieses eigens für ihn angefertigte Exemplar.

Sichtlich erfreut gab er zunächst Herrn Strobel und dann Imke die Hand. »Hallo Imke, wolltest du mich oder meine beiden Töchter besuchen?«

»Ich wollte meinem Vater beratend zur Seite stehen«, entgegnete Imke schlagfertig.

Rudi Dormann lachte dröhnend. »Dein Vater hat mich bisher immer ganz gut alleine über den Tisch gezogen.« Imke und ihr Vater stimmten in sein Gelächter ein.

»Also Martin, was machen wir mit deinem Fußballgenie, während wir uns um das Geschäftliche kümmern?«

»Sind Gunhild und Elisabeth nicht da«, fragte Imke, wohl wissend, dass die beiden auf dem Trainingsplatz waren.

»Da hast du Pech. Sie trainieren für das große Spiel am Samstag.«

»Haben Sie eigentlich schon gehört, dass unsere neuen Trikots gestohlen wurden?«

»Ja, meine Töchter haben es mir erzählt. So etwas macht ja schnell die Runde. Unglaublich. Es tut mir wirklich leid für euch. Hoffentlich findet man den oder die Täter.« Imke stellte enttäuscht fest, dass die Entrüstung von Rudi Dormann ehrlich schien.

»Ja, das hoffen wir alle«, stimmte Martin Strobel zu.

»Ich sehe mir das Training vom TuS an. Der Trainingsplatz ist doch gleich um die Ecke, oder?«

»Gute Idee Mädel. Schau dir dein neues Zuhause an, hahahaha.«

»Okay. Holst Du mich beim Sportplatz ab, Paps?«

»Na klar. Wolltest du nicht noch etwas mit Rudi besprechen?«

»Das hat Zeit. Erst mal werden wir am Samstag Meister und dann habe ich eine bessere Verhandlungsposition.«

Rudi Dormann schlug sich vor Begeisterung auf die Schenkel. »Wie dein Vater. Man sieht, der Apfel fällt nicht weit vom Stamm. Du gefällst mir, Mädel!«

»Danke.« Imke lächelte. »Wir sehen uns am Samstag und Sie sind natürlich zur Meisterfeier eingeladen.«

»Dasselbe gilt für dich. Aber dann unterschreibst du auch für die nächste Saison beim TuS. Denk daran, ein Fußballurlaub auf Kreta winkt.«

»Alles klar, Herr Dormann. Wir werden sehen. Tschüss denn.«

»Du findest heraus?«

Imke nickte. »Kein Problem. Dürfte ich noch ihre Toilette benutzen.«

»Selbstverständlich. Gleich vorne bei der Haustür rechts.«

»Danke«. Imke winkte den beiden Männern zu und verließ das Büro.

Sie trat in den Flur und hielt die Luft an. Es war totenstill im Haus. Auf leisen Sohlen schlich sie die elegante Marmortreppe hinauf. Imke wusste, dass die Zimmer von Gunhild und Elisabeth im ersten Stock lagen. Im vergangenen Jahr feierten die Zwillinge mit einer Party ihren zwölften Geburtstag. Durch den beruflichen Kontakt der beiden Väter war auch Imke eingeladen, obwohl sie eigentlich nie eine Freundschaft verband. Gunhild und Elisabeth umgaben sich mit vielen Mädchen, die von der Großzügigkeit der Zwillingsschwestern nur zu gerne profitierten. Allerdings bestimmten die Dormann-Mädchen auch, wo es langging. Wer das nicht akzeptierte, gehörte nicht mehr zum erlauchten Kreis dieser Clique. Imke besaß schon immer ihre eigene Meinung, die sie auch vehement vertrat. Durch den Fußball ergab sich dann die zusätzliche Rivalität der Winkelbacher Mädchen zu den Zwillingsschwestern und ihrem Verein.

Der lange Flur in der ersten Etage war mit einem weißen Teppichboden ausgelegt. Auch die Wände waren weiß und mit Schwarz-Weiß Bildern dekoriert.

Krampfhaft überlegte Imke, hinter welche der schneeweißen Türen noch die Zimmer von Gunhild und Elisabeth lagen. Sie wandte sich an die erste Tür neben dem Treppenaufgang. Langsam drückte sie die goldenfarbene Klinke herunter und steckte den Kopf in das Zimmer. An den Wänden hingen Fußballposter von der Frauennationalmannschaft, aber auch von David Beckham, dem uneingeschränkten Lieblingsspieler von Gunhild. Rasch schlüpfte sie hinein und schloss die Tür. Erstaunt stellte Imke fest, wie aufgeräumt es war. Auf dem Schreibtisch thronte ein Computer, daneben lagen einige Schulhefte. Romane, Schulbücher und Lexikon standen säuberlich sortiert auf einem Bücherregal. Das Bett war mit einer Tagesdecke überzogen. Sie kniete sich hin und schaute unter das Bett. Nichts. Mit klopfendem Herzen und schlechtem Gewissen öffnete sie die Türen des Kleiderschranks. Auch hier hingen Hosen, Blusen und

Jacken tadellos in Reih und Glied. Eine Menge T-Shirts und Pullover lagen gestapelt im Regal. Doch keine Spur von den Trikots. Leise schloss sie den Schrank und sah sich noch einmal um. Es gab sonst keine Möglichkeit, den Trikotkoffer zu verstecken. »Okay, dann auf in Elisabeths Zimmer«, murmelte Imke und schlich hinaus. Kein Laut war zu hören. Sie öffnete die nächste Tür und schreckte sofort zurück. Das war eindeutig das Elternschlafzimmer. Also noch eine Tür weiter. Sie blickte in den nächsten Raum. Bastian Schweinsteiger und Philipp Lahm lächelten ihr von der Wand entgegen. Natürlich, Elisabeth war ein fanatischer FC Bayern München-Anhänger. Imke trat schnell ein, zu schnell. Die Klinke rutschte ihr aus der Hand und lauter als beabsichtigt schlug die Tür zu. *Mist,* dachte sie und hielt den Atem an. »Elisabeth? Gunhild?« hörte sie jemanden fragen und dazu leise Schritte. Imke drückte sich an die Wand hinter die Tür, die im selben Moment aufging. Frau Dormann steckte den Kopf herein. »Seid ihr nicht beim Training?« Sie schien zu stutzen. »Ich dachte, ich hätte was gehört«, murmelte sie vor sich hin und verließ das Zimmer. Imke atmete aus, das Herz schlug ihr bis zum Hals. Sie sah sich um. Die Einrichtung war identisch, nur sah es wesentlich unordentlicher aus, als bei Gunhild. Um den PC lagen Zettel, Stifte und Hefte, auf dem Bett verstreut zwei T-Shirts, ein paar Socken und eine

Jeanshose. *Hier fühle ich mich doch schon heimischer*, dachte Imke grinsend. In ihrem Zimmer sah es meistens genauso chaotisch aus. Sie sah unter das Bett und in den Kleiderschrank. Aber auch hier fand sich keine Spur von den Trikots. Imke war enttäuscht, denn sie war sich so sicher, dass die Zwillinge bei dem Diebstahl ihre Hände im Spiel hatten. Zitternd drückte sie die Klinke herunter und hoffte, dass Frau Dormann inzwischen die Etage verlassen hatte. Vorsichtig schaute sie hinaus auf den Flur. Niemand war zu sehen.

Mit flinken Schritten lief sie zur Treppe. Sie hörte die Stimmen der zwei Männer aus dem Erdgeschoss.

Sie schlich zur Haustür und atmete erleichtert auf, als sie endlich das Haus unbemerkt verließ.

»*Das war ja wohl der totale Fehlschlag*«, murmelte Imke leise vor sich hin. Sie hatte es sich so schön ausgemalt, wie sie am Mittwoch mit dem Trikotkoffer in der Hand auf das Trainingsgelände erschienen wäre. Laute glückliche Gesichter hatte sie vor sich gesehen und Imke war natürlich die uneingeschränkte Heldin. Doch stattdessen war sie jetzt genauso ratlos wie alle anderen. Eigentlich hatte sie auch keine Lust mehr, den TuS-Mädchen beim Training zuzuschauen. Was sollte sie dort? Zudem konnte sie auf die Sprüche von Gunhild und Elisabeth gerne verzichten. Aber auch in das Dormann-Palais wollte sie nicht mehr zurückkehren. Nachdem sie den Treffpunkt mit ihrem Vater aber ausgemacht hatte, schlenderte sie doch langsam zum Trainingsgelände des TuS. Auf der Anlage war einiges los. Auf dem Nebenplatz trainierten einige Jungs, während die Mädchen ihre Übungen auf dem Hauptplatz absolvierten. Das wäre beim SV Winkelbach unvorstellbar, denn noch immer wurden die Herrenteams und die männlichen Jugendmannschaften bevorzugt. Die Erfolge der Juniorinnen verfolgten einige Winkelbacher Fußballer mit viel Skepsis. Jeder Sieg bedeutete auch mehr Selbstbewusstsein bei den Frauen und Mädchen. Imke bewunderte Bärbel. Sie hatte sich als Trainerin der Mädchenmannschaft und gleichzeitige Spielführerin der Frauenmannschaft mit ihrem Auftreten viel Respekt verschafft und erreicht, dass diese Sparte im Verein ernster genommen wurde. Auch beim SV Winkelbach sollte man begreifen, dass Frauen- und Juniorinnenfußball keine Randerscheinung mehr war. Imke war sich sicher, dass ihrer Mannschaft die Zukunft gehörte. Menschen wie der Jugendleiter Paul Berger mussten das auch irgendwann akzeptieren.

Imke setzte sich auf eine Bank und sah den Mädchen beim Training zu. Jürgen, der Trainer vom TuS Neustadt stand mit verschränkten Armen am Spielfeldrand und beobachtete seine Schützlinge bei den Übungen. Ab und zu rief er mit lauter Stimme Anweisungen oder unterbrach das Training, um etwas zu erklären. Imke wusste, dass Jürgen sowohl im Herren- als auch im Frauenbereich Erfolge vorzuweisen hatte. Man munkelte, dass Rudi Dormann tief in die Tasche gegriffen habe, um Jürgen davon zu überzeugen, dass er der perfekte Trainer für die Juniorinnen des TuS Neustadt sei. Es nervte Imke, dass bereits im Bereich der Juniorinnen Geld eine so dominante Rolle spielte. Um so mehr hoffte sie, dass der SV Winkelbach mit ihren begrenzten Mitteln den großen Rivalen schlagen würde, wenn auch in Lumpentrikots.

»Imke, die Spionin«, riss die schrille Stimme von Gunhild sie in die Wirklichkeit zurück.

»Schaut nur, wie sie wie ein begossener Pudel da sitzt, weil die neuen Trikots vom SVW geklaut wurden«, höhnte sie weiter.

Die meisten Mädchen lachten und auch Jürgen hatte sich umgedreht und grinste sie an.

»Na Mädel, holst du dir ein paar Tipps, wie man guten Fußball spielt«, feixte er.

»Ist schon gut Trainer«, rief Imke zurück. »Guter oder einfacher Fußball. Die Frage ist, wer am Samstag ein Tor mehr erzielt.«

»Mit einem 1-0 werden wir uns nicht zufriedengeben«, entgegnete Jürgen. »Wir haben nicht nur die besseren Einzelspielerinnen, sondern sind euch in allen Bereichen weit überlegen. Ich bin mir sicher, ihr werdet am Samstag euer Waterloo erleben!«

So winzig wie Napoleon ist Imke ja«, rief eine Spielerin. Das laute Gelächter ließ Imke kalt. Auch ein Lionel Messi, war klein und spielten doch genial Fußball. Wegen ihrer Statur wurde sie oft unterschätzt und das war ihre Chance.

»Mädels, trainiert ordentlich weiter, ihr werdet es brauchen«, entgegnete Imke selbstbewusst.

Einige Unfreundlichkeiten wurden ihr entgegengeschleudert, doch Jürgen klatschte in die Hände und beendete die Diskussion.

»Er wandte sich noch einmal zu ihr und meinte: »Nächstes Jahr kommst du zu uns. Ich brauche Typen wie dich, die Fußball spielen können, aber auch Teamgeist besitzen. Überleg es dir.«

Imkes Herz schlug eine Oktave höher. Sie freute sich über dieses Kompliment. Gleichzeitig dachte sie, dass Jürgen sie vielleicht auch nur einlullen wollte. »Lass uns am

Samstag erst das Spiel austragen. Danach können wir über alles reden.«

Jürgen nickte und wandte sich wieder seinen Spielerinnen zu.

»Na, Kleine, genug spioniert«, hörte sie plötzlich die Stimme ihres Vaters. Imke nickte. »Die Mädels sind klasse drauf. Wir werden 120 Prozent geben müssen, um zu gewinnen.«.

Martin Strobel strich seiner Tochter übers Haar und meinte: »Wenn hundert Prozent nicht ausreichen, muss sich keiner ärgern. Mach dich bloß nicht verrückt wegen des Spiels. Ihr seid ein tolles Team, ob mit oder ohne Meistertitel.«

»Ach Papa, wenn man so dicht dran ist, will man es auch schaffen. Vor allem, weil die alle so hochnäsig sind.«

Ihr Vater lächelte. »Das werden die Neustädter von euch auch denken.«

»Wir und hochnäsig?« Imke schüttelte den Kopf. »Du Paps, ich habe echt gedacht, die Dormanns haben unsere Trikots gestohlen.«

»Was?«, fragte Herr Strobel überrascht. »Das ging dir durch den Kopf? Und jetzt nicht mehr?«

»Nein. Sie ziehen uns mit den gestohlenen Trikots auf und ich denke, ein Dieb würde das nicht tun. Ich war auf dem Holzweg. Doch wer hat sonst noch einen Vorteil davon?« Imke stand auf.

»Du musst dir eine Strategie überlegen.« Martin Strobel legte den Arm um seine Tochter. »Denk doch einmal nach. Welche Personen wussten, dass die neuen Trikots in der Kammer waren. Ist Neid im Spiel? Missgönnt euch jemand den Erfolg? Habt ihr eine ehemalige Spielerin, die mit euch nicht zurecht gekommen ist? Der Dieb wird wahrscheinlich aus eurem unmittelbaren Umfeld kommen. Ein Unbekannter wäre für einen Satz Mädchentrikots nicht dieses Risiko eingegangen.«

»Papa, du bist echt clever. Ein Sherlock Holmes ist an dir verloren gegangen.«

»Spiel du aber nicht zu viel Miss Marple, denn das könnte gefährlich werden!«

Die beiden grinsten sich an.

Der Sommer zeigte sich von der schönsten Seite. Die Sonne schien vom wolkenlosen Himmel und kein Lüftchen wehte.

Als Imke mit ihrem Fahrrad auf dem Schulhof einbog, warteten ihre Freundinnen ungeduldig auf sie.

»Imke, du bist heute spät dran«, sagte Tanja vorwurfsvoll und wie zur Bestätigung ertönte die Schulglocke.

»Hast du etwas herausgefunden?«, fragte Tina aufgeregt..

Imke nickte und schaute sich gleichzeitig um. Es bestand immer die Gefahr, dass die Zwillinge plötzlich auftauchten.

Schnell schob Imke ihr Fahrrad in den Ständer und nahm die Schultasche vom Gepäckträger.

»Ich erzähle es euch und den anderen Mädels in der ersten Pause. Es war spannend bei den Dormanns, das kann ich euch schon mal sagen!«

Tina hielt ihre Freundin am Arm fest. »Du bist gemein, jetzt kann ich mich vor lauter Neugier nicht auf den Geschichtsunterricht konzentrieren.«

»Bei Geschichte brauchst du ja immer eine Ausrede.« Tanja strich sich über ihr langes braunes Haar.

»Ist doch auch so. Wozu benötige ich das? Ich lebe doch heute. Was interessieren mich die Neandertaler, die Bronzezeit und all das Zeug.«

»Ich finde das interessant«, sagte Tanja. »Stellt euch vor, auch unser heute ist irgendwann Geschichte.«

Imke grinste. »Man, bist du philosophisch, das ist ja kaum auszuhalten«,

»Philosophisch hin oder her.« Tanja hakte sich rechts und links bei ihren Freundinnen ein. »Wir müssen los, sonst ist meine gute Note bald Geschichte!«

»Du warst echt in den Zimmern der beiden?«, fragte Tina und starrte Imke mit offenem Mund an. Die Winkelbacher Mädchen hingen an Imkes Lippen. Ausführlich schilderte sie ihren Mitspielerinnen ihr Erlebnis in der Dormannschen Villa.

»Tja Imke, das war zwar spannend, aber leider wissen wir jetzt genauso viel wie vorher.«. Dani hob die Schultern.

»Doch«, entgegnete Tanja. »Die Trikots sind nicht bei den Zwillingen und außerdem hat Imke jetzt das Gefühl, dass die Dormanns nicht in die Sache verwickelt sind.«

»Aber wer dann?«, fragte Tina verzweifelt. »Wer klaut Mädchentrikots? Wer tut uns so weh?«

»Passt auf!« Karin erhob ihre Stimme. »Ich bin Spielführerin und ich will, dass wir uns ab jetzt nur noch auf das Spiel am Wochenende konzentrieren. Wir haben vorher mit den alten Dressen gewonnen und werden das letzte Spiel auch noch mit ihnen bestreiten.«

Dani nickte zustimmend. »Du hast Recht, Karin. Hauen wir den TuS weg und dann kümmern wir uns um die Trikots.«

Tina verzog schmollend den Mund. »Klar will ich am Wochenende siegen. Aber ich will auch, dass die Täter nicht ihren Willen bekommen. Versteht ihr.«

Imke verstand ihre Freundin nur zu gut und hatte dasselbe Gefühl. Doch sie wusste auch, dass die Chancen für ihr Team auf die Meisterschaft stiegen, wenn sie sich hundertprozentig auf das Spiel konzentrierten. Deshalb sagte sie: »Okay, ab jetzt reden wir nicht mehr über die Trikots, sondern nur über das Finale am Wochenende. Wir wollen schließlich Meister und nicht die best angezogenste Mannschaft werden.«

Verblüfft und einwenig enttäuscht sah Tina sie an. Doch Imke zwinkerte ihr kurz zu.

Karin sah Imke erleichtert an. »Okay, ich denke, wir sind uns alle einig. Wir sehen uns später beim Training.«

Die Runde löste sich auf. Imke hielt Tina und Tanja zurück. »Mein Vater hat mir ein paar Tipps gegeben. Vielleicht müssen wir eine neue Strategie verfolgen.«.

»Imke, du hast doch gerade gesagt, es geht nur noch um das Spiel«. Tanja verschränkte die Arme vor der Brust.

»Geht es ja auch«, versuchte Imke die Freundin zu beruhigen. »Deswegen habe ich das den anderen auch gesagt. Aber ich kann einfach nicht untätig herumsitzen.«

Tina hakte sich bei Imke ein und sagte: »Ich habe dich einen Moment nicht wieder erkannt. Zum Glück geht es dir genauso wie mir. Lass uns eine Liste anfertigen mit allen Namen, die am Samstag auf dem Fußballplatz waren.«

»Na klar. Vielleicht haben ja eure oder meine Eltern die Trikots geklaut«, spottete Tanja »Es standen ungefähr 40 Leute da. Wollte ihr die alle befragen oder sind es bereits die in Frage kommenden Täter?«

»Nein.«. Imke schüttelte den Kopf. »Wir überlegen, wer von diesen Personen uns nicht leiden mag oder uns den Erfolg missgönnt. Das würde den Täterkreis einschränken.«

Tanja seufzte resigniert. »Ihr treibt mich echt in den Wahnsinn. Ich sollte mir andere Freundinnen suchen.«

»Das wäre doch langweilig.«. Tina lachte. »Komm Tanja, in dir steckt mehr Abenteurer, als du selber zugibst.«

»Naja, du wirst es wissen. Okay, ich werde mir auch meine Gedanken machen.«

Ein Verdacht

Sechzehn hoch motivierte Mädchen standen auf dem Trainingsplatz. Mit einem lockeren und abwechslungsreichen Trainingsprogramm nahm Bärbel den Spielerinnen die Nervosität und Anspannung. Sie schossen aus allen Lagen aufs Tor, spielten famos Fußball und gingen hartnäckig in die Zweikämpfe. Jede der Mädchen wollte sich für die Stammelf empfehlen. Die neunzigminütige Trainingseinheit verging wie im Fluge. Zum Ende des Trainings bildete Bärbel mit den Spielerinnen einen Kreis. »Mädels, wir haben alles getan, um die Saison mit einem Sieg zu beenden«, sagte die Trainerin. »Ich bin mir sicher, dass wir den Meistertitel erreichen können. Aber egal wie das Spiel ausgeht, ich bin wahnsinnig stolz auf euch!«

Die Spielerinnen strahlten und Karin, als Mannschaftsführerin rief. »Am Samstag werden wir bis zum Umfallen kämpfen, alles geben und gewinnen. Wir haben schließlich die beste Trainerin der Welt!«

Alle legten die Hände aufeinander und schrien: » Keine Mannschaft wird es wagen, uns Winkelbacherinnen zu schlagen. Der TuS kann es ja mal probieren, doch sie werden hoch verlieren. Denn Ligameister wird nur der SVW, nur der SVW, nur der SVW.«

Bärbel gab den Mädchen noch auf den Weg, spätestens eine Stunde vor Spielbeginn auf dem Platz zu sein. »Die Mannschaftsaufstellung gebe ich dann bekannt. Ich muss mir noch ein paar Gedanken machen«, erklärte sie. »Bis Samstag, Mädels. Ich freue mich auf das Spiel!«

Die Mädchen liefen laut schwatzend in die Kabine. Imke hielt Tanja und Tina zurück.

»Habt ihr eure Liste?«, fragte sie gespannt und zog dabei ein Stück Papier aus der Trainingsjacke.

»Klar«, antwortete Tina. »Aber in meiner Sporttasche. Ich schlepp sie doch nicht beim Training mit mir herum.«

Tanja schüttelte den Kopf. »Ich bin nicht mehr dazu gekommen. Meine Mutter hat mich zum Gartendienst eingeteilt. Unkraut jäten, schrecklich. Aber ich habe mir dabei Gedanken gemacht und kann mich so ziemlich an alle Zuschauer erinnern.«

»Okay. Wir warten, bis die anderen weg sind und dann gehen wir die Namen durch.«

Gemütlich schlenderten die drei Freundinnen in die Kabine und zogen sich langsam um. Nach und nach verließen die Mitspielerinnen den Raum. Zuletzt saßen nur noch die Drei in der Kabine.

Tina und Imke falteten ihre Zettel auseinander und lasen die Namen vor.

Es waren vor allem die Eltern und Großeltern der Mädchen. Hinzu kam Herr Dormann mit seinen beiden Töchtern, acht Spielerinnen der Frauenmannschaft, ein Bekannter von Bärbel, der Platzwart Leo Gehrlich und ungefähr zehn Personen, die dem Fanlager der gegnerischen Mannschaft angehörten.

»Die Eltern kannst du sicherlich abhaken. Schließlich spendeten viele von ihnen auch noch für unsere Trikots«, meinte Tina.

Imke nickte zustimmend. »Auch die Spielerinnen von der Frauenmannschaft werden mit den Trikots wenig anfangen können.«

»Naja, vielleicht sind sie eifersüchtig, weil es bei denen im Moment nicht so gut läuft?«, überlegte Tanja.

»Das kann ich mir nicht vorstellen. Schließlich spielt Bärbel doch bei ihnen und außerdem sind sie total engagierte Zuschauer. Nach dem Sieg am vergangenen Wochenende haben sie doch auch nichts mehr mit dem Abstieg zu tun.«

»Stimmt«, nickte Tanja. »Der Bekannte von Bärbel? Ist das ihr Freund?«

Tina hob die Schultern. »Keine Ahnung. Ab und zu schaut er zu. Vor Kurzen habe ich nur gehört, wie Bärbel zu Viola, ihr wisst schon, der guten Stürmerin bei den Frauen, gesagt hat, sie hat von Männern die Nase voll.«

»Das wäre natürlich ein Motiv.« Imke rieb sich die Hände. »Der Typ will was von Bärbel, kommt nicht bei ihr an und rächt sich an ihr, in dem er die Trikots stiehlt.«

»Du hast vielleicht eine Fantasie.« Tina sah ihre Freundin mit großen Augen an.

»Nun ja, ich war noch nie richtig verliebt. Aber man soll ja aus Liebeskummer die verrücktesten Sachen anstellen.«

»Trikots stehlen? Ich weiß nicht?« Fragend sah Tanja ihre beiden Freundinnen an.

»Okay, der kommt auf die Liste der Verdächtigen«, entschied Imke. »Wen haben wir noch?«

»Die Dormanns«, las Tina von ihrem Zettel ab.

»Okay, noch leicht verdächtig«, schlug Imke vor. »Wer noch?«

»Leo Gehrlich?«

»Ihm traue ich das überhaupt nicht zu. Der ist doch so nett zu uns«, meinte Tanja voller Überzeugung. »Der hat ja auch nichts gegen Mädchenfußball. Im Gegenteil, der feuert uns doch bei den Spielen immer an.«

Ihre beiden Freundinnen stimmten ihr zu.

»Trotzdem, schreib den Gehrlich unter die Dormanns«, schlug Imke vor. »Ganz von der Liste der Verdächtigen können wir ihn nicht streichen. Wer noch?«

»Na, die beiden unbekannten Frauen«, überlegte Tanja.

»Vielleicht einfach nur Zuschauer oder Mütter?« Imke sah ihre Freundinnen fragend an.

»Oder die zwei diebischen Elstern«, prustete Tina.

Tanja und Imke fielen in Tinas Gelächter ein.

Plötzlich klopfte es laut an der Tür.

»Hallo, hallo«, hörten die drei Mädchen die ungeduldige Stimme von Leo Gehrlich. »Was trödelt ihr heute so herum?«

Tanja blickte automatisch auf ihre Armbanduhr. »Oh weh, schon halb acht.«

Sofort sprang Tina auf. »Das gibt Ärger. Ich sollte eigentlich längst zuhause sein.«

»Wir sind fertig Herr Gehrlich«, rief Imke. »Wir mussten noch etwas besprechen.«

»Ist gut Mädels. Ich will nämlich auch Feierabend machen.«

»Morgen in der Schule überlegen wir uns weitere Schritte«, entschied Tina. »Jetzt muss ich schnell los. Tschüss.«

»Tschüss«, entgegneten ihre beiden Freundinnen.

Während Imke sich ihre Schuhe zuband, sprang auch Tanja auf. »Ich bin auch spät dran… Wir sehen uns morgen.«

Imke nickte. »Bis morgen.«

Die Tür schlug zu und Imke war allein. Sie vernahm von draußen Stimmen und Gelächter. Die Frauenmannschaft befand sich auf dem Trainingsgelände. Nach dem Sieg am Wochenende konnten sie dem letzten Saisonspiel entspannt entgegenblicken.

Sie packte die Fußballschuhe in ihre Sporttasche und zog den Reißverschluss zu.

Wenn sie doch nur eine Idee hätte, wer die Trikots an sich gebracht haben könnte. Vielleicht war es ja wirklich der eifersüchtige Freund von Bärbel. Imke schüttelte den Kopf. Nein, sie spürte, dass das nicht die Lösung war.

Imke öffnete die Kabinentür und stieß fast mit Leo Gehrlich zusammen, der den Vorraum wischte.

»Imke, du bist ja immer noch da«, schimpfte er, aber dabei lächelte er milde.

»Sie wissen doch, Herr Gehrlich, der Fußballplatz ist einfach mein zweites Zuhause«, entgegnete Imke.

»Machst dir Gedanken wegen des Spiels, Mädchen«, fragte der Platzwart mitfühlend.

Imke nickte. »Oh ja, wir sind alle ganz heiß und aufgeregt. Aber ich denke auch die ganze Zeit darüber nach, wer unsere Trikots gestohlen hat. Haben Sie eine Idee, wer so gemein sein kann?«

Leo Gehrlich kratzte sich seinen fast kahlen Schädel. »Glaube mir, auch ich bin völlig ratlos. Wahrscheinlich sind es irgendwelche Halbstarken, die ab und zu hier herumstrolchen.«

»Aber die hätten doch nicht nur unsere Trikots mitgenommen. Ich bin mir sicher, dass der Dieb nur uns treffen wollte.«

Der Platzwart hobdie Schultern.

.»Können sie sich nicht vorstellen, wer der Täter sein könnte?« fragte Imke hartnäckig.

Leo Gehrlich streckte die Hände abwehrend nach vorne. »Um Gottes willen, was soll ich schon wissen? Außerdem, Mädchen, wäre es besser, Du lässt auch die

Finger davon!« Er sah sie mit blitzenden Augen an und wischte entschlossen weiter.

Imke schaute ihn prüfend an. »Sie wissen etwas…?«

»Nein, nein, Imke. Ganz bestimmt nicht. Du täuscht dich«, entgegnete Leo Gehrlich hektisch. »Ich weiß nicht, wovon du sprichst.«

Imke war wie elektrisiert. Sie war sich sicher, dass der Platzwart etwas verheimlichte. Doch er konnte oder wollte nichts sagen. Sie überlegte aufgeregt, wie sie vorgehen sollte. Warum waren Tanja und Tina nicht mehr da?

»Herr Gehrlich, wir Mädchen sind alle sehr traurig. Auch unsere Eltern, die ja einen Teil der Trikots gesponsert haben. Sie mögen uns doch. Wenn Sie etwas wissen, sagen sie es mir.«

»Imke, ich weiß nichts. Geh jetzt nach Hause, deine Eltern warten sicherlich auf dich.« Leo Gehrlich Stimme wurde eine Spur schärfer.

Imke fühlte Wut und Enttäuschung in sich aufsteigen. Ihre Hände ballten sich zu Fäusten, sie biss die Zähne zusammen und presste ein leises »Tschüss«, heraus. Mit schweren Schritten stapfte sie aus der Kabine. Auf dem Trainingsplatz schossen die Spielerinnen der Frauenmannschaft wild entschlossen auf das Tor. Am liebsten hätte Imke sich dort eingereiht und ihren Frust an den Bällen ausgelassen.

Sie atmete tief durch und schlenderte langsam zu ihrem Fahrrad, das sie vor dem Vereinsheim abgestellt hatte. Während sie das Schloss öffnete, fiel ihr Blick auf den grünen Jeep, der direkt am Eingangstor zum Sportplatz parkte. *Paul Berger*. Natürlich. Auch er war am Samstag auf dem Sportplatz. Imke erinnerte sich genau. Kurz bevor Karin mit dem neuen Trikot aus der Kabine kam, fuhr das Auto von Paul Berger vor. Wieder einmal hatte er ein Spiel der Mädchenmannschaft verpasst.

Plötzlich trat Paul Berger aus dem Vereinsheim und lief schnurstracks in Richtung Kabinenhäuschen. Den Blick starr nach vorne gerichtet, übersah er Imke. Sie ließ ihre Sporttasche am Fahrrad stehen und schlich dem Jugendleiter hinterher. Die Eingangstür zu den Kabinen stand offen. Imke presste sich an die Wand und hörte die zackige Stimme von Paul Berger.

».... warte immer noch auf zweitausend Euro. Alles kann ich Dir auch nicht schenken.«

»Ich weiß Paul, aber ich hab es im Moment einfach nicht«, jammerte Leo Gehrlich.

»Wem schuldest Du noch alles Geld? Werde ich jemals wieder etwas davon sehen?«

»Klar doch, Paul. Ich kann dir Morgen wahrscheinlich ein Teil zurückzahlen. Vielleicht sogar alles...«

Imke vernahm ein heiseres Lachen. »Hast du wieder ein todsicheres System. Deine verdammte Spielleidenschaft bringt dich um den Verstand. Du hast zwei Tage...«

»Aber ich habe dir doch alles organisiert...«

»Psst. Nicht so laut. Denkst du, damit ist das erledigt? Zweitausend sind für mich auch kein Pappenstiel«.

In Imke arbeitete es fieberhaft. »Was hat der Platzwart für Paul Berger besorgt?«

»Für mich ist das auch keine Kleinigkeit. Ich trage das Risiko«, klagte Leo Gehrlich.

»Komm jetzt nicht da mit. Du badest in Selbstmitleid Leo. Reiß dich zusammen, sonst schöpft noch jemand Verdacht. Dann bist vor allem du dran.«

»Mensch Paul...«

»Hör auf zu jammern. Freitagabend bekomme ich die Ware und das restliche Geld. «

Imkes Gedanken überschlugen sich. *Leo Gehrlich war ein Spieler? Hatte Paul Berger ihn in der Hand«.* Während sie darüber nachdachte, entging Imke, dass das Gespräch zwischen den beiden Männern beendet war. Die Stimme des Jugendleiters riss sie aus ihren Grübeleien.

»Was machst du da?«, fragte er misstrauisch.

Imke sah in sein kantiges, braungebranntes Gesicht. Seine hellblauen Augen blickten sie durchdringend an, bevor er seine Sonnenbrille aufsetzte.

»Ich, ich glaube, ich hab was in der Kabine liegen lassen...«, stammelte Imke.

»So, warum bist noch nicht zu Hause? Was schleichst du hier herum.«

»Ich schleiche nicht herum«, protestierte sie. »Ich suche einen Zettel, den ich wohl in der Kabine vergessen habe und bin noch einmal zurückgegangen.« Imkes Herz schlug bis zum Hals.

»Hast du unser Gespräch belauscht?«

»Herr Berger, was denken Sie?«, fragte sie mit fester Stimme.

Inzwischen trat auch Leo Gehrlich zu den beiden: »Mädchen, bist du immer noch da?«

»Ich bin noch einmal zurückgekommen, weil ich einen Zettel in der Kabine liegen gelassen habe«, wiederholte sie und ihre Knie wurden langsam weich.

»Da lag nichts mehr«, entgegnete der Platzwart und sah Imke argwöhnisch an.

»Nicht?« Sie versuchte, ein erstauntes Gesicht aufzusetzen.

»Dann hat wohl Tina den Zettel eingesteckt. Ich werde sie gleich anrufen.« Sie drehte sich um und wollte sich schnellstens von den beiden Männern entfernen, doch eine Hand, schwer wie eine Bärenpranke, legte sich auf ihre Schulter.

»Moment«, vernahm sie die schneidige Stimme von Paul Berger.

Einen Augenblick glaubte Imke, sie verliere das Bewusstsein. Nackte Angst machte sich in ihr breit und sie sah sich als einen Fall bei »Aktenzeichen XY ungelöst«.

Langsam dreht sie sich um und erwartete das Schlimmste.

Doch stattdessen sah sie in das verkniffen lächelnde Gesicht ihres Jugendleiters: »Viel Glück am Samstag. Ihr habt eine tolle Saison gespielt. Ein Meistertitel würde unserem Verein gut zu Gesicht stehen.«

»Ooooh«, hauchte Imke erstaunt. »Danke. Wir werden unser Bestes geben.« Imke war einen Moment völlig verwirrt. Diese Reaktion entging auch Paul Berger nicht und er fragte deshalb: »Alles in Ordnung, Imke? Oder hast du noch etwas auf dem Herzen?«

Na klar, dachte Imke. *Was hat ihnen Leo Gehrlich besorgt?* Aber sie sagte: »Herr Berger, es wäre für uns natürlich eine zusätzliche Motivation, wenn auch unser Jugendleiter zusehen würde.«

Die Mundwinkel von Paul Berger verschoben sich nach unten. Er fuhr sich mit der Hand über seine kurz geschorenen Haare. »Ich weiß, ich vernachlässige euch. Aber im Moment ist die Zeit bei mir knapp bemessen. Vielleicht kann ich es einrichten. Bitte nicht böse sein, sollte es nicht klappen.« Seine Stimme klang tonlos und bedrückt.

»Ich würde sie gerne vom Mädchenfußball überzeugen. Aber das kann ich nicht, wenn Sie nie zuschauen«, entgegnete Imke freundlich. »Tschüss dann.«

»Tschüss Imke«, antworteten beiden Männer.

Sie rannte zu ihrem Fahrrad. Der Heimweg war zu kurz, als dass sie ihre vielen Gedanken hätte ordnen können.

Zuhause empfing ihre Mutter sie aufgebracht. »Das Essen steht seit einer Stunde auf dem Tisch. Es ist schon nach acht Uhr. Denkst du, wir machen uns keine Sorgen?«

Imke sah sie schuldbewusst an. »Entschuldige bitte. Aber es ist so eine Ausnahmesituation. Weißt du, das Spiel am Samstag, die gestohlenen Trikots. Es gibt so viel zu bereden.«

»Soviel ich weiß, verdienen Frauen durch das Fußballspielen nicht ihren Lebensunterhalt. Vielleicht solltest du deshalb trotz aller Euphorie über das Endspiel am Wochenende nicht ganz die Schule vernachlässigen.«

Imke biss sich auf die Lippen. Die Hausaufgaben waren im Moment so weit weg und völlig unwichtig. Aber das behielt sie natürlich für sich.

»Ach Mutti, das hab ich doch alles im Griff. Du kannst dich auf mich verlassen.« Sie sah ihre Mutter mit festem Blick an.

»Ist schon gut. Ich weiß ja, wie viel dir der Fußball bedeutet. Sei froh, dass du so tolerante Eltern hast.«

Imke umarmte ihre Mutter . Sie wusste, dass andere Mädchen es wesentlich schwerer hatten, sich mit ihrem Wunsch, Fußball spielen zu dürfen, durchzusetzen. Aber ihre Eltern waren anders. Da Imke immer die Kleinste war, ob im Kindergarten oder in der Schule, besaß sie nie viel Selbstbewusstsein. Das änderte sich, als sie den Fußball für sich entdeckte. Ihr Talent glich die körperliche Unterlegenheit aus. Sie war auf dem Platz selbstbewusst und übernahm Verantwortung. Eigenschaften, die sie auch außerhalb des Fußballplatzes entwickelte. Ihre Eltern erkannten den positiven Einflusses des Sports auf die Persönlichkeit ihrer Tochter und unterstützten sie, so gut sie konnten. Sie standen fast jedes Wochenende am Fußballplatz und feuerten Imkes Team an. Dadurch bildeten sich auch Freundschaften zwischen den Eltern. Tinas Mutter spielte selbst noch im Frauenteam des SV Winkelbach.

»Die Ferien stehen doch vor der Tür und wir schreiben nur noch zwei Tests. In Geschichte und Deutsch. Das bekomme ich hin.«.

»Dann bin ich ja beruhigt«, entgegnete ihre Mutter. »Jetzt iss dein Abendbrot und dann ab in die Koje. Als erfolgreiche Fußballerin muss man vor allem ausgeschlafen sein.«

Der nächste Unterrichtstag verging wie im Fluge. Die Lehrerinnen und Lehrer wollten ihren Lehrstoff noch bis zu den Sommerferien durchbekommen und ließen den Schülern kaum Zeit zum Durchatmen.

In der letzten Pause kam Imke endlich dazu, Tina und Tanja vom belauschten Gespräch zu berichten. Ihre beiden Freundinnen sahen sie fassungslos an.

»Der Leo Gehrlich ist so nett«, meinte Tina. »Kaum zu glauben, dass der in so einem Dilemma steckt.«

»Welchen Gefallen hat er Paul Berger gemacht, dass der ihm Schulden dafür erlässt? Das klingt kriminell«, überlegt Imke. Sie lehnte sich an die Schulhofmauer.

»Und du bist mittendrin«, schimpfte Tanja mit ihrer Freundin. »Wenn die kriminell sind, hätte das unangenehm für dich ausgehen können.«

»Was machen wir jetzt?«, fragte Tina. »Das Ganze scheint nicht ungefährlich zu sein.«

Die drei Freundinnen sahen sich schweigend an. Schließlich schlug Tanja vor, der Polizei einen anonymen Hinweis zu geben.

»Meinst du, die reagieren darauf?« Imke sah die beiden fragend an.

»Ein Versuch wäre es wert«, meinte Tina zaghaft.

»Aber die zeichnen unsere Stimmen auf«. Imke verschränkte die Arme vor der Brust. »Und wenn wir einen Brief schreiben?«, schlug Tanja vor.

»Mit zusammengeschnittenen Buchstaben aus einer Zeitung?«, fragte Imke.

Die drei lachten.

Imke stieß sich von der Mauer ab. »Wir machen jetzt erst mal nichts. Lasst uns noch einmal drüber nachdenken.«

Tina und Tanja nickten zustimmend. Imke wollte vor allem Zeit gewinnen. Sie hatte eine Spur aufgenommen und das Gefühl, die Lösung des Falls lag vor ihr. Sie musste nur noch zugreifen.

Zu Hause erledigte sie im Schnelldurchgang ihre Hausaufgaben und lernte Geschichte für den Test, der am nächsten Tag bevorstand.

Um 18 Uhr schwang sie sich auf ihr Fahrrad und fuhr zum Fußballplatz. Sie war sich sicher, dort die Antworten zu finden.

Imke stellte ihr Fahrrad vor dem Vereinsheim ab und schlenderte auf die Anlage. Die männliche C-Jugend trainierte unter ihrem jungen Trainer Tim Mertens. Sie legte sich auf den Rasen und sah den Jungs zu, die eifrig die Übungen durchführten. Leo Gehrlich stand auf dem Hauptplatz und kümmerte sich um die Bewässerungsanlage. Die Rasenplätze litten unter den heißen, regenarmen Tagen der letzten Wochen.

Imke versuchte, die Geschehnisse zu ordnen. Welche Rolle spielte Leo Gehrlich? Er feuerte die Mädchen bei jedem Spiel begeistert an. Selbst beim Training schaute er oft zu. Plötzlich erinnerte sie sich daran, dass vor Monaten dass Gerücht umging, der Platzwart würde sich für Bärbel interessieren. Tina wusste das von ihrer Mutter und erzählte es ihren Freundinnen natürlich weiter. Das würde das Interesse von Leo Gehrlich an der Mädchenmannschaft erklären. Er konnte sich doch nicht ernsthaft Chancen bei Bärbel ausrechnen. Aber warum sollte der hagere und über fünfzigjährige Gehrlich nicht fasziniert von ihr sein. Die meisten Menschen, die Bärbel kennen lernten, waren es. Die athletische Trainerin, strahlte Ruhe, Gelassenheit und Souveränität aus. Ihre Stimme klang sanft, aber wenn es darauf ankam, auch bestimmend. Bärbel war einfühlsam, sensibel und redegewandt. Sie konnte Menschen begeistern, Kinder wie Erwachsene. Zudem sah sie auch noch gut aus, war humorvoll und intelligent. Vielleicht hatte Bärbel ihm eine Abfuhr erteilt. Aus verletzter Eitelkeit stahl Gehrlich die Trikots. War das ein Motiv?

»Hi Imke.« Eine Stimme holte sie aus ihren Gedanken. Tim, der Trainer der C-Jugend, setzte sich neben sie ins Gras.

»Alles klar bei dir?«

Imke nickte.

»Bist du aufgeregt wegen des Spiels am Samstag?«

»Logisch, das wäre mein erster Meistertitel.«

»Wahrscheinlich sogar der erste Meistertitel für den Verein«, grinste Tim.

»Meinst du?«

»Nein, ich glaube früher war der SVW erfolgreicher. Aber das ist ewig lange her. Ein Titel wäre mal wieder nicht schlecht. Aber wenn ausgerechnet euch das gelingt. Oh jeh, daran würden einige im Verein knabbern.

»Ich kann mir denken, wer besonders begeistert wäre. Paul Berger!«

Tim lachte.

»Hab' ich Recht?«

»Oh ja, euer Erfolg macht ihm schwer zu schaffen. Ich glaube, er ist froh, dass ihr eine eigene Abteilungsleitung bekommt und er sich nicht mehr um euch kümmern muss.«

»Dacht' ich mir.«

»Obwohl«, überlegte Tim, »ganz zufrieden wird er mit der Maßnahme nicht sein. Er hat ja dann auch keine Kontrolle mehr über euch.«

»Wie kommst du nur mit ihm zurecht?«

»Er ist kein schlechter Mensch, unheimlich engagiert und mit Herz und Seele Jugendleiter. Aber die Zeit hat ihn überholt. Für ihn ist Fußball Männersport. In den letzten Monaten ist er aber irgendwie anders drauf.«

»Was meinst du damit?« Imke spitzte interessiert die Ohren.

»Naja, ich weiß auch nicht, wie ich es erklären soll.« Tim starrte angestrengt vor sich hin.

»Ist er schlecht drauf oder vielleicht besonders fröhlich«, versuchte Imke ihm zu helfen.

»Nein, das ist es nicht. Anders halt. Mehr in sich gekehrt, nachdenklich. Oft nicht bei der Sache. Verstehst du?«

»Hm, weißt du den Grund dafür?«

Tim zuckte mit den Schultern. »Es wird alles Mögliche geredet. Manche meinen, er sei krank, andere. Einige behaupten, dass er nicht mit eurem Erfolg fertig wird. Aber das glaube ich nicht. Er spricht in letzter Zeit mit mehr Hochachtung von euch. Bei einer Trainerbesprechung hat er sogar Bärbel als Vorbild genannt. Die ist ja auch echt klasse.«

»Hey, du bist zu jung für sie«, grinste Imke.

»So meine ich das ja auch nicht«, entgegnete Tim, leicht errötend. »Aber wie alt ist Bärbel überhaupt?«

»28, glaub ich.«

Tim pfiff durch die Zähne. »Elf Jahre Unterschied. Ist das ein Problem?«

»Spinner. Sie wird auf dich gewartet haben.«

Tim boxte ihr freundschaftlich in den Arm und stand auf.

»Was hältst du von unserem Platzwart?«, fragte Imke unvermittelt.

Tim sah sie erstaunt an. »Der Leo? Irgendwie ist er ein Unikat. Meistens ist er total nett, aber manchmal schrecklich nervös und fahrig. Wieso?«

»Ach, nur so. Er schaut ja bei uns immer zu.«.

»Warum wohl? Der steht doch auf Bärbel!«

»Echt?«, fragte Imke erstaunt. »Ist an dem Gerücht tatsächlich etwas dran?«

»Ja, habe ich gehört«, grinste Tim. »Psst, da kommt er!

In diesem Moment lief Leo Gehrlich eilig an ihnen vorbei.

»So, ich muss zu meinen Jungs. Ich werde euch am Samstag auf jeden Fall anfeuern.«

»Super Tim. Danke.«

Auch Imke war inzwischen aufgestanden und klopfte sich das Gras von der Hose. Sie sah den Platzwart in sein

Häuschen verschwinden. An seinem Ohr hielt er ein Handy.

Automatisch lief Imke zur offenen Tür und konnte Gehrlichs Stimme hören.

»Ja, keiner hat was mitbekommen. Das hatte ich doch gesagt.« Einige Sekunden war es still.

»Wir treffen uns morgen Abend um 21.00 Uhr bei der Alten Scheune. Einverstanden?« Der Anrufer willige scheinbar ein, denn Leo Gehrlich beendete das Gespräch.

Schnell schlich Imke hinter das Haus. Sie sah Leo Gehrlich zur Tür heraus kommen. Er kratzte sich nachdenklich am Kopf.

»*Jetzt kommt er in Terminnot*«, überlegte Imke. *Spätestens Freitag wird auch der geschuldete Geldbetrag für Paul Berger fällig. Oder war der Anrufer vielleicht Paul Berger? Warum treffen sie sich bei der Alten Scheune?*

Die Alte Scheune war ein leer stehendes Lokal am Ortsrand von Winkelbach. Die Familie Schiller hatte über viele Jahre diese Gastwirtschaft, die für ihre gutbürgerliche Küche bekannt war, geführt. Bei einem Verkehrsunfall verlor Herr Schiller seine Frau und beide Kinder. Er überlebte dieses Unglück schwer verletzt. Obwohl ihn keine Schuld an dem Unfall traf, wurde Herr Schiller mit diesem Schicksalsschlag nicht fertig. Er kümmerte sich nicht mehr um sein Lokal, betrank sich immer häufiger und mit der Zeit blieben die Gäste aus. Er meldete Konkurs an und verließ Winkelbach. Die Alte Scheune wollte niemand pachten. Der Gemeinderat überlegte einige Male, dieses Gebäude abzureißen. Doch die Geschichte der Schillers hatte die Winkelbacher Bewohner in ihrem Innersten erschüttert und so stand die »Alte Scheune« wie ein Mahnmal für das Leben, das sich von heute auf morgen ändern kann.

Imke war sich sicher, dass die Aufklärung des Falles über Leo Gehrlich lief.

»Also dann«, murmelte sie. »Morgen um neun bin ich auch beim Treffpunkt.

In Gefahr

Am nächsten Morgen erzählte Imke ihren beiden Freundinnen zunächst nichts von ihren Informationen. Sie wollte niemanden vom anstehenden Geschichtstest ablenken. Trotz ihrer intensiven Trikotsuche war Imke bestens vorbereitet und gab die Schulaufgabe mit einem guten Gefühl ab.

In der Pause standen die Winkelbacher Fußballmädchen zusammen und redeten aufgeregt über das morgige Spiel.

»Hoffentlich bin ich nicht zu nervös«, stöhnte Dani. »Stellt euch mal vor, wir führen bis kurz vor Schluss und ich trete über den Ball. Die blöde Gunhild kommt und schießt den Ausgleich. Nein, daran will ich nicht denken.«

»Du darfst nicht solche Gedanken haben«. Karin gab Dani eine leichte Kopfnuss. »Wenn du so in das Spicl reingehst, kannst du es ja gleich vergessen.«

»Quatsch«, entgegnete Dani. »Ich bin voll motiviert, nur nervös. Mein Vater sagt, wenn man nicht nervös ist, stimmt etwas nicht.«

Tina nickte zustimmend. »Mir zittern immer die Hände. Aber wenn ich auf dem Platz stehe, bin ich ganz cool.«

»Mit zitternden Händen wirst du auch kaum einen Ball halten«, neckte Tanja sie.

Alle lachten.

»Glaubt ihr auch, dass morgen viele zuschauen?« Fragend sah Lydia in die Runde.

»Oh ja, es kommen bestimmt mehr als hundert Leute.« Tanjas braune Rehaugen verklärten sich. »Das ist so ein Hammer.«

»Mist, und wir müssen in diesen Lumpentrikots auflaufen«, knurrte Tina. »Oder hat jemand inzwischen die gestohlenen Trikots gefunden?«

»Fängst du wieder an«, schimpfte die Spielführerin. »Wir haben doch gesagt, dass wir uns nur auf das Spiel konzentrieren.«

»Ich gebe Tina schon Recht.« Dani breitete die Arme aus. »Mich nervt das auch total, dass wir vor so vielen Leuten mit diesen schrecklichen Trikots herumlaufen, während der TuS supermodern gekleidet ist.«

Einige der Mädchen stimmten Dani und Tina zu.

»Aber was nützt das Jammern jetzt?«, fragte Karin. »Sie sind weg. Punkt! Basta! Aus!«

»Ja Karin, die Trikots sind verschwunden. Aber vielleicht haben wir nicht alles dafür getan, um sie zu finden.« Tina schob die Unterlippe vor.

»Was hätten wir tun sollen? Alle Häuser Winkelbachs und Neustadts durchsuchen?« Karin schüttelte energisch den Kopf. »Die alten Trikots sind bisher unsere Glücksbringer gewesen. Lieber Meister in den alten Trikots, als Vizemeister in den Neuen.«

»Du bist immer so schrecklich realistisch«, murmelte Tina.

»Sie bringt uns aber auf die Gewinnerspur«, nickte Dani anerkennend. »Einfach eine perfekte Spielführerin.«

Imke hielt sich aus der Diskussion heraus. Sie beschloss, ihren Freundinnen auch nichts von den neuen Entwicklungen zu berichten. Vielleicht war sie auf einer völlig falschen Fährte. Aber das wollte sie alleine herausfinden.

Nach der Schule fragte Tina, ob sie abends noch Imke besuchen könnte. »Ich bin so schrecklich aufgeregt und kann bestimmt keine Sekunde schlafen.«

»Besser nicht«, entgegnete Imke. Wenn wir zusammen sind, reden wir nur vom Spiel und wir werden dann noch nervöser.«

»Du hast dich vorhin gar nicht an der Diskussion beteiligt«, sagte Tina..

»Wegen der Trikots? Da gebe ich dir doch recht. Aber Karin irgendwie auch. Lass uns einfach morgen mit den alten Lumpen gewinnen.«

Enttäuscht sah Tina ihre Freundin an. »Ist das echt deine Meinung?«

Imke nickte und biss sich auf die Lippen. Sie wollte Tina nicht belügen, aber ihre Freundin auch nicht in eine undurchsichtige Geschichte verwickeln.

»Verschweigst du mir etwas?« Tina runzelte die Stirn..

»Wie kommst du darauf?«

»Weil du meine Freundin bist und ich nicht glauben kann, dass deine ganze Neugier verschwunden ist.«

»Ist sie ja auch nicht. Nach dem Spiel werden wir weitersuchen. Das verspreche ich dir. Wir brauchen morgen eine super Torhüterin um zu gewinnen. Darauf musst du dich konzentrieren.«

»Ach ja? Vielleicht sollte sich auch unsere super Stürmerin auf das Spiel vorbereiten. Denn ohne ihre Tore werden wir das Match kaum für uns entscheiden!«

»Das werde ich auch. Deshalb will ich ja auch heute Abend alleine sein.«

Die beiden Freundinnen sahen sich einen Moment an. Dann senkte Imke die Augen und sagte leise: »Tschüss, bis morgen.«

»Ja, bis morgen.«.

Imke sah ihrer Freundin nach und fühlte sich auf einmal ganz elend.

Imke lag auf ihrem Bett und schaute zur Uhr. Die Zeiger quälten sich auf halb acht. Sie hatte noch eine Stunde Zeit. Fieberhaft überlegte Imke, wie sie von ihren Eltern unbemerkt das Haus verlassen konnte. Wenn ihr nichts einfiel, musste Tina als Alibi herhalten. Sie würde ihnen erklären, dass Tina so nervös ist und sie noch einmal zu ihr herüberfahren wollte. Tina wohnte nur 500 Meter entfernt in einem Reihenhaus am Anfang der Neubausiedlung.

Zur Alten Scheune musste sie etwa 15 Minuten radeln. Wenn sie um halb neun da wäre, hätte sie genügend Zeit, ein gutes Versteck zu finden.

Auf einmal steckte ihre Mutter den Kopf zur Tür herein.

»Papa und ich fahren nach Neustadt. Tante Martha fliegt doch morgen in den Urlaub und wir wollten uns noch verabschieden.«

Martha war die Schwester ihres Vaters und ab sofort Imkes Lieblingstante.

»Ist gut. Wie lange bleibt ihr denn?«

»Naja, du kennst sie ja. Vor zehn sind wir bestimmt nicht daheim. Ich gehe recht in der Annahme, dass du nicht mit willst?«

Imke schüttelte grinsend den Kopf. »Ich muss mich voll konzentrieren.«

»Eine andere Antwort habe ich nicht erwartet. Also bis später..«

»Bis später. Liebe Grüsse an Tante Martha.«

Imke atmete auf, denn sie wollte ihre Eltern nicht belügen. Der Abend fing also gut an und sie hoffte, dass es so weiterging. Eine halbe Stunde später hörte sie die Haustür klappen. Imke war allein.

Schnell sprang sie aus dem Bett und zog sich ihre Trainingshose an. Die Jacke band sie sich um die Hüften. Dann nahm sie ihren Rucksack und lief die Treppe hinunter. Ihr Zimmer lag im ersten Stock des zweistöckigen Einfamilienhauses. Neben der Garage hatte ihr Vater noch eine kleine Werkstatt angebaut. Die meisten Arbeiten, die am Haus nötig waren, erledigte er selbst. Imke zog ihre Turnschuhe an und ging in die Werkstatt. Im Gegensatz zu seinem penibel aufgeräumten Arbeitszimmer ließ ihr Vater dort jede Ordnung vermissen. Auf der Werkbank und den verschiedenen Schränken lag das Werkzeug verstreut herum. Imke öffnete einige Schubladen und fand schließlich, was sie suchte. Eine Taschenlampe, ein Seil und ein Schweizer Messer. »Sicher ist sicher«, dachte sie. Sie warf die Sachen in ihren Rucksack und schnürte ihn zu. Sie war aufgeregt. Was würde sie erwarten? Imke hoffte, dass sie vor ihren Eltern zurückkam. Aber wenn nicht? Sie würden sich natürlich Sorgen machen. Imke nahm einen Zettel und schrieb, dass sie noch kurz unterwegs wäre.

Dann schulterte sie den Rucksack und schwang sich auf ihr Fahrrad. Es war Mitte Juni und einer der längsten Tage des Jahres. Es würde sicherlich noch über eine Stunde hell bleiben. Diese Tatsache beruhigte Imke. Der Gedanke, im Dunkeln um dieses einsame Gebäude herumzuschleichen, verursachte in ihr doch Angst.

Sie fuhr um die erste Kurve, als sie auf die achtzigjährige Nachbarin Edda Mühlinghaus traf. Sie war bepackt mit mehreren Einkaufstaschen und die entgegenkommende Imke musste ihr als Geschenk des Himmels vorkommen.

»Imke«, rief sie mit schriller Stimme.

Imke verlangsamte ihre Fahrt und sagte: »Hallo, Frau Mühlinghaus«.

»Ach Imke, sei so gut und hilf mir, die Tüten in das Haus zu tragen.«

Imke wusste, dass sie keine Chance hatte. Wenn sie die alte Frau stehen ließ, durfte sie sich die nächste Zeit nicht mehr auf der Straße blicken lassen.

Imke stieg vom Fahrrad und lehnte es an einen Laternenmast. Sie nahm Frau Mühlingshaus zwei vollbepackte Taschen ab und wunderte sich darüber, was so eine alleinstehende Frau alles einkaufte.

Die alte Dame wohnte in einem Zweifamilienhaus im ersten Stock ohne Aufzug. Die Achtzigjährige tat sich schon ohne Gepäck mit den Treppen schwer. Imke trug ihr alle Taschen nach oben und Frau Mühlinghaus war nicht nur dankbar über die Entlastung, sondern auch darüber, dass ihr jemand zuhörte. Sie erzählte Imke von ihren Erlebnissen in der Stadt, den vielen frechen Verkäufern an den Kassen, den hohen Preisen, die miserable Busverbindung und über ihre gelungenen Einkäufe. Zum Schluss wollte sie Imke noch als Dankeschön zu einem Kakao einladen. Doch Imke lehnte ab und erklärte der alten Dame, dass sie zu ihrer Freundin wollte.

Inzwischen zeigte die Uhr bereits Vierel vor neun. Eilig lief Imke zu ihrem Fahrrad und wollte weiterfahren, als eine Stimme sie zurückhielt.

»Hallo Imke.«

Imke drehte sich um und sah den Rentner Hermann Weidenfeller mit einer Gießkanne in der Hand am Gartenzaun stehen.

»Guten Abend Herr Weidenfeller«, grüßte sie und wollte sie auf ihr Fahrrad schwingen.

»Nicht so schnell. Komm bitte her zu mir.«

Imke schnaufte tief durch und schlenderte auf ihn zu.

Die Weidenfellers waren kinderlos und lebten nur für ihren Garten. Niemand in der Umgebung besaß so ein blühendes und gepflegtes Grundstück wie sie.

»Ihr habt doch am Samstag das Spiel gegen Neustadt?«

Imke nickte. »Ja, wir spielen um 15 Uhr zuhause und müssen unbedingt gewinnen, um Meister zu werden.«

»Ich weiß, ich weiß.« Er bückte sich, hob eine Schale Erdebeeren auf und streckte sie Imke entgegen. »Vitamine! Vitamine sind wichtig für einen Sportler. Aus unserem eigenen Garten.«

Imke war einen Moment gerührt. »Danke, das ist total lieb von ihnen.«

»Gern geschehen. Aber auch essen.«

»Gewiss, Herr Weidenfeller. Schauen sie zu?«

»Mal sehen. Du weißt ja, so ein Garten lässt wenig Zeit für andere Sachen.«

Imke nickte verständnisvoll. »Wenn ich ein Tor schieße, lag das sicherlich auch an den guten Erdbeeren. Tschüss denn.«

»Tschüss Imke.«

Imke verstaute das Obst in ihren Rucksack. Der Zeiger der Uhr war inzwischen auf zehn vor neun vorgerückt.

»Mist«, fluchte sie leise vor sich hin. Jetzt wurde es schwierig, ein geeignetes Versteck zu finden. Sie hoffte, dass die Verabredung nicht pünktlich stattfand.

Sie trat fest in die Pedalen, um die verlorene Zeit aufzuholen und bemerkte dabei nicht, dass sie verfolgt wurde.

Einsam stand die Alte Scheune an einem Waldstück. Die Fenster und Türen waren mit Brettern zugenagelt, die Wände mit Graffitis beschmiert. Das Schild »Alte Scheune«, hing herunter.

Zwei Autos parkten vor der Tür, doch diese konnte Imke nicht sehen. Sie hatte ihr Fahrrad Fünfzig Meter vorher abgestellt und schlich sich im Schutz der Bäume von hinten an das Gebäude heran. Sie blickte sich um. Das nächste Haus war ungefähr Zweihundert Meter entfernt. Auf der Straße fuhren nur wenige Autos vorbei. Imke schauderte. Vielleicht hätte sie doch nicht alleine herkommen sollen. Wenn man sie entdeckte? Niemand wusste, dass sie zu diesem heruntergekommenen Gebäude gefahren war. Einen Moment zögerte sie, weiterzugehen. Doch dann sah sie, dass der hintere Eingang geöffnet war. Die Neugier besiegte die Angst. Mit leisen Schritten näherte sie sich dem Gebäude. Sie erreichte unbemerkt das Haus und schlich um die Hauswand zum geöffneten Hintereingang. Dort wurden früher die Warenlieferungen angenommen. Die Tür führte direkt in die Küche. Imke öffnete leise ihren Rucksack und holte die Taschenlampe heraus. Außer dem Lichtstrahl, der durch die offene Tür kam, war es dunkel in diesem Raum. Sie schaltete die Taschenlampe an. Ein paar Mäuse zogen sich eilig in ihre Löcher zurück. Imke erschrak und löschte sofort das Licht. Atemlos blieb sie einem Moment stehen. Sie hörte nichts und schaltete wieder die Taschenlampe an. Auf Zehenspitzen bewegte sie sich weiter zur nächsten Tür und öffnete diese langsam. Sie vernahm leise Stimmen. Wieder knipste sie die Taschenlampe aus und blieb bewegungslos stehen, damit sich ihre Augen an die Dunkelheit gewöhnten. Sie befand sich im Gang zwischen Küche und Gaststube. Die Stimmen mussten aus dem Gastraum kommen. Fieberhaft überlegte sie, wie sie weiter vorgehen sollte. In diesem Moment ging die Tür der Gaststube auf. Schnell versteckte sich Imke dahinter und hielt den Atem an. Die Person blieb an der Tür stehen. Sie vernahm aus dem Hintergrund die schrille Stimme von Leo Gehrlich: »Zweitausend Euro haben sie gesagt. Zweitausend. Ich gebe mich mit diesem Betrag nicht zufrieden. So war das nicht ausgemacht.«

An der Tür erklang ein tiefes Grunzen, es klang wie ein unterdrücktes Lachen.

Imke fühlte sich eingeengt hinter der Tür und bekam fürchterliche Angst. Zudem kitzelte der viele Staub in ihrer

Nase und sie unterdrückte verzweifelt ein Niesen. Die Tränen liefen ihr über das Gesicht. Die Person entfernte sich von der Tür. Mit schnellen Schritten eilte Leo Gehrlich hinterher.

»Dass lass ich nicht mit mir machen. Ich trage das Risiko«, kreischte er. Die Person verließ scheinbar das Gebäude, denn fluchend stieß Gehrlich die Tür hinter ihr zu.

In dem Moment entkam Imke ein kräftiges »Hatischiiii«.

Eine Sekunde war es totenstill Leo Gehrlich zog die Tür zu und leuchtete Imke mit einer Taschenlampe ins Gesicht.

Was machst du hier, Mädchen?«

Imke glaubte, sie müsste sterben.

»Ich, ich...«, stammelte Imke, »ich habe Ablenkung gesucht.«

»Hier? Ausgerechnet heute? Das kannst du sonst jemanden erzählen. Was hast du gehört?«

Imke schüttelte den Kopf. »Nichts, nichts. Was hätte ich mitbekommen sollen?« Sie zitterte am ganzen Körper.

Argwöhnisch schaute er sie an.

»Ich will nach Hause gehen?«

Grob hielt Leo Gehrlich Imke fest. »Du schnüffelst zu viel herum. Ich möchte wissen, warum du hier bist«.

Er nahm ihren Rucksack und schaute hinein. Zunächst nahm er die Erdbeeren heraus. »Willst du hier ein Picknick veranstalten?«

Imke schüttelte den Kopf. »Die hab' ich geschenkt bekommen«, flüsterte sie.

Voller Wut schmiss er die Schale mit den Erdbeeren durch den Raum.

»Ich will jetzt wissen, was du hier machst«, schrie er und packte Imke am Kinn. Die Finger bohrten sich tief in ihre Haut und Imke traten die Tränen aus den Augen.

»Ich suche die Trikots«, schluchzte sie.

Der Platzwart erstarrte einen Moment. »Du glaubst, ich hab' die Trikots«, fragte er und sah sie lauernd an.

Imke hob die Schultern. »Ich weiß es nicht.«

»Wie kommst du darauf?« Der Griff an ihrem Kinn wurde fester.

»Aua, sie tun mir weh!«, rief Imke.

»Ich werde noch viel fester zudrücken, wenn du mir jetzt nicht sagst, wie du darauf kommst!«

»Ich ich weiß, dass sie Schulden haben«, quetschte Imke hervor.

»So, ich habe Schulden. Das hast du ja fein herausbekommen. Und eure Trikots versteigere ich im Internet, damit ich meine Schulden tilge?« höhnte er.

»Wenn sie es nicht waren, können sie mich ja in Ruhe lassen!«

Plötzlich hörten die beiden ein Auto heranfahren.

»Mist, er ist schon da«, murmelte Gehrlich, »dann muss ich dich schnell aus dem Weg räumen.«

»Was heißt das«, rief Imke ängstlich und wollte davonrennen. Doch der Platzwart hatte trotz seiner kleinen Statur enorme Kräfte. Er hielt sie fest und griff sich ein altes Geschirrtuch, das herumlag. Er verwendete es als Knebel für ihren Mund. Imke wehrte sich mit Händen und Füßen, doch der Platzwart ließ sie nicht los. »Schön, dass du noch ein Seil mitgebracht hast«, flüsterte Gehrlich ihr ins Ohr. Imke spürte, wie er sie zuschnürte, bis sie fast nicht mehr atmen konnte. Schritte waren zu hören. Imke wurde hochgehoben und ein paar Meter getragen. Eine Tür wurde geöffnet und sie flog kurz durch die Luft. Dann landete sie unsanft auf einem Betonboden. Sie hörte, wie der Schlüssel zweimal herumgedreht wurde. Dann war sie allein. Es war stockfinster um sie herum.

Einen Moment hatte sie das Gefühl, ihr ganzer Körper war geprellt. Schmerz und Angst machten sich in ihr breit.

»*Das kann es doch jetzt nicht gewesen sein*«, dachte sie. »*Was wird der mit mir machen. Er kann mich doch nicht mehr laufen lassen.*«. Sie atmete schwer und ihr Mund wurde immer trockener. »*Warum habe ich das Handy nicht eingepackt?*« Ihre Eltern hatten es ihr zu Weihnachten geschenkt. Doch dieses Geschenk löste damals in Imke wenig Begeisterung aus, denn im Gegensatz zu ihren Freundinnen legte sie überhaupt keinen Wert auf ein Handy. Sie fühlte sich dadurch eingeengt. Tina und Tanja hatten eine andere Einstellung und schimpften oft mit ihr, weil Imke über diesen bequemen Weg nicht erreichbar war. In ihrer fatalen Lage konnte sie damit natürlich auch keine Hilfe holen. Aber sie wusste inzwischen so viel, dass ein Handy zu orten war.

Die Stille in der Kammer wurde von aufgeregten tippelnden Schritten unterbrochen. Imke konnte nur ahnen, dass sie den Raum mit Mäusen und Ratten teilte. Wahrscheinlich befand sie sich in der Speisekammer und sie hoffte, dass die Tierchen genug andere Essensreste fanden und nicht an ihr herumknabberten. Die Panik nahm sie immer mehr gefangen. Sie drehte und wand sich mit dem ganzen Körper, um die Fesseln zu lockern. Doch ihre Bemühungen waren erfolglos. Irgendwann resignierte sie und blieb einfach liegen. Sie dachte an ihre Eltern, die sie so sehr liebte, an ihre Freundinnen, die sie aus

Überheblichkeit nicht in die Geschichte einweiht hatte und an das morgige große Spiel, an dem sie jetzt nicht teilnehmen würde. »*Ich habe alles vermasselt und alles falsch gemacht*«, dachte sie hilflos.

Plötzlich vernahm sie leise Schritte vor der Tür. Kurz danach wurde der Schlüssel herumgedreht. Imke blieb atemlos liegen und glaubte, dass jetzt ihr Ende kommen würde.

»Da ist sie«, hörte Imke eine leise Stimme.

»Schnell binde sie los«, flüsterte eine weitere Person.

Es waren die Stimmen von Tina und Tanja. Imke liefen vor Glück die Tränen über das Gesicht.

»Schnell beeile dich«, hörte sie Tanjas Stimme. »Er ist noch nicht wieder da.«

Tina befreite ihre Freundin von dem Knebel im Mund.

Imkes Mund war bereits völlig ausgetrocknet. Sie musste ein Husten unterdrücken. Tina versuchte inzwischen erfolglos, die Fesseln zu lösen.

»In meinem Rucksack ist ein Messer«, wisperte Imke. Gehrlich hatte ihr diesen hinterher geworfen. Schnell durchschnitt Tina die Fesseln ihrer Freundin. Imke nahm sie fest in die Arme.

»Kommt jetzt«, raunte Tanja von der Tür. »Wir können uns später freuen!«

Mühsam erhob sich Imke. Von den strammen Fesseln waren die Glieder steif und die ersten blauen Flecken machten sich bereits bemerkbar.

Die drei Mädchen schlichen durch die Küche zum Hinterausgang.

»Wer ist gekommen«, fragte Imke atemlos.

»Paul Berger und Leo Gehrlich stehen vorne und diskutieren hitzig«, wisperte Tanja.

»Weißt du, worum es geht?«, fragte Imke.

»Ich dachte, das weißte du«, entgegnete Tanja und sah sie provozierend an.

»Nicht genau. Ich nehme an, dass Leo Gehrlich die Trikots für den Berger geklaut hat. Dafür hat er Geld erhalten.«

»Nein, das kann ich nicht glauben.« Tina schüttelte den Kopf

»Lass uns nachsehen!«

»Seid ihr verrückt«, schimpfte Tanja. »Von einer Gefahr zur nächsten. Wir zeigen Leo Gehrlich jetzt an!«

»Okay, du rufst die Polizei und bleibst im Hintergrund. Tina und ich schleichen uns vor!«

Bevor Tanja protestieren konnte, nahm Imke Tinas Hand und zog sie mit sich fort. Sie schlichen im Schutz der Dämmerung um die Hauswand.

Die beiden Männer saßen sich auf einer alten Bierbankgarnitur gegenüber. Paul Gehrlich hatte einen Beutel vor sich liegen.

»Wie soll das jetzt mit dir weitergehen?«, fragte Paul Berger. »Willst du dich nicht therapieren lassen?«

»Das lass mein Problem sein. Ich habe alles im Griff. Mach du dir lieber über dein Leben Gedanken!«

»Ich weiß, wie es bei mir aussieht! Aber du? Wann willst du die Sucht akzeptieren und etwas ändern? Du siehst doch, wie käuflich du bist!«

»Ich bin nicht käuflich. Lass mich! Heute Abend wird die Kugel für mich fallen Dass habe ich im Gefühl!«

Paul Berger lachte spöttisch auf. »Na klar Leo. Wie oft hast du dir das eingeredet? Du bist noch nicht völlig am Boden, deshalb ist es sinnlos, mit dir zu reden.

»Ich möchte wissen, was in der Tasche ist«, flüsterte Tina ihrer Freundin zu. »Trikots können es nicht sein.«

»Die Kugel wird fallen, früher oder später«, philosophierte der Jugendleiter. Bei mir ist sie gefallen und es wird keinen Gewinn für mich geben. Das steht fest. Dir wird es genauso gehen!«

»Du redest Mist«, entgegnete der Platzwart.

»Erinnere dich an meine Worte, wenn du an der Reihe bist.« Der Jugendleiter starrte einen Moment vor sich hin. Dann griff er nach dem Beutel und stand langsam auf. »Die nächste Lieferung ist umsonst, danach sind wir quitt.«

Dieser hob die Schultern und schwieg.

Paul Berger dreht sich um und ging zu seinem Auto. Im selben Moment kam ein Polizeifahrzeug vorgefahren.

Paul Berger schaute erschreckt zu seinem Beutel und machte eine Bewegung, um ihn wegzuschleudern. Doch er hielt inne, weil er erkannte, dass es sinnlos war.

Leo Gehrlich sprang auf und wollte davon rennen. Er lief in die Richtung von Imkes und Tinas Versteck. Auf ihrer Höhe streckte Imke den Fuß aus und Leo Gehrlich fiel unsanft der Länge nach hin.

Eine Polizeibeamtin, die sofort die Verfolgung aufgenommen hatte, stürzte sich auf ihn und legte ihm Handschellen an.

»Was macht ihr denn hier?«, fragte sie dann die beiden Mädchen.

»Wir haben sie doch gerufen«, sagte Tanja, die inzwischen hinzugeeilt war.

»Was ist hier überhaupt passiert? Warum habt ihr uns gerufen?«

Verlegen schauten sich die drei Mädchen an. »Also....« begann Imke. «Trikotraub und Freiheitsberaubung."

Die Beamtin starrte die drei Mädchen an.

»Alle jetzt mitkommen«, befahl sie dann mit schroffer Stimme.

Ein anderer Polizist hielt den Beutel in der Hand und pfiff durch die Zähne. Er wandte sich an den dritten Polizisten in Zivil. »Kommissar Ludwig, in dem Beutel befindet sich eine große Anzahl von verschreibungspflichtigen Medikamenten, scheinbar Schlaf- und Aufputschmittel.«

Der Kommissar sah Paul Berger mit zusammengekniffenen Augen an. »Können Sie uns dazu etwas sagen?«

Der Jugendleiter hob die Schultern. »Ich wusste nicht, was in dem Beutel ist.« In dem Moment sah er die drei Mädchen und fragte überrascht: »Was macht ihr denn hier«

»Ja, dass will ich jetzt auch wissen.« Der Kommissar knurrte diese Worte.

»Naja, das ist eine längere Geschichte«, begann Imke zögernd.

»Gibt es eine Kurzversion?«

»So ein Blödmann«, dachte Imke. »Ja, die gibt es. Ich habe zufällig belauscht, dass Herr Gehrlich sich heute mit jemanden hier treffen wollte. Er hat dieser Person einen Gefallen getan und dafür Geld erhalten. Ich habe gedacht, unser Platzwart hätte unsere Trikots geklaut. Vorhin hat sich Herr Gehrlich hier noch mit einer anderen Person getroffen, die ich leider nicht identifizieren konnte. Aber Herr Gehrlich hat mich erwischt, mich gefesselt und geknebelt und in einen Raum gesperrt. Zum Glück fanden mich meine beiden Freundinnen rechtzeitig. Ja, und dann haben wir sie gerufen.«

»Ich habe dem Mädel überhaupt nichts getan«, behauptete Leo Gehrlich frech.

Ludwig nahm Imkes Hände und sah die Striemen von den Fesseln. Dann schüttelte der den Kopf: »Ein Kind zu fesseln. Unfassbar.«

»Ich dachte immer, sie mögen uns und sind so nett«, sagte Tina. »Aber sie sind ja richtig fies.«

»Schluss jetzt«. Ludwig sah die Mädchen mit strengen Blicken an. »Habt ihr die Trikots?«

Imke schüttelte den Kopf. »Wir haben ja hier noch nicht gesucht.

Ludwig wies die Polizistin an, die Spurensicherung anzufordern.

»Habt ihr sonst noch etwas mitbekommen?«

Imke nickte. »Herr Berger hat Herrn Gehrlich zweitausend Euro geschenkt. Dafür hat Gehrlich ihm etwas besorgt. Wahrscheinlich das, was im Beutel ist. Ich dachte ja, es wären die Trikots.«

Paul Berger schüttelte ungläubig den Kopf. »Imke, hast du wirklich gedacht, ich missgönne Euch die neuen Trikots?«

Die drei Mädchen nickten.

Der Jugendleiter setzte sich auf die Bank. Er wirkte angeschlagen.

»Wollen sie etwas zu ihrer Verteidigung sagen«, fragte Ludwig.

Imke fühlte auf einmal Mitleid mit Berger. Sie spürte, es ging um viel mehr als um gestohlene Trikots.

»Es tut mir leid Mädels, wenn ich auf euch so einen Eindruck gemacht habe«, seufzte Berger. »Ich bin nie ein Fan vom Mädchenfußball gewesen, aber in der letzten Zeit wurde mir immer mehr bewusst, dass ich auf dem

Holzweg bin. Selbst Joseph Blatter sagte vor Jahren, dass die Zukunft des Fußballs weiblich sei. Die Zukunft hat ja schon längst begonnen. Aber ich war ein ewig Gestriger. Die Kraft etwas zu ändern habe ich aber lange nicht mehr.«

Alle sahen den Jugendleiter fragend an. Er deutete auf den Beutel. »Meine Frau ist schwer erkrank. Ich versuche sie zuhause zu pflegen, zusammen mit einem Pflegedienst.« Einen Moment atmete er durch. »Wissen ihr, wie es ist, wenn ein geliebter Mensch auf einmal zum seelischen und körperlichen Krüppel wird? Ein lebensfroher Mensch, der mit 50 Jahren nur noch vor sich hinstarrt, nicht mehr redet, kaum noch etwas wahrnimmt. Wir hatten noch so viel gemeinsam vor und plötzlich macht dir das Schicksal einen Strich durch die Rechnung. Von einem Tag zum anderen ist alles verändert. Am Anfang habe ich mir eingeredet, es wird ein gutes Ende nehmen. Irgendwann hat mich die Situation fertig gemacht. Ich konnte nicht mehr schlafen und nahm Tabletten. Dann wurde ich nicht mehr munter und nahm Aufputschmittel. Der Teufelskreis begann. Nachdem mir kein Arzt mehr etwas verschreiben wollte, half mir Leo. Er hat eine Quelle, wo er günstig an diese Medikamente herankommt. Das ganze Leben kreist sich nur noch darum, wie man an die Tabletten kommt. Leo wollte immer, dass wir uns an diesem Ort treffen. Die Gefahr, dass man hier erwischt wird, ist doch sehr gering.«

Er sah die drei Mädchen an. »Es ist gut, dass es zu Ende ist.«

Imke, Tina und Tanja sahen ihren Jugendleiter betreten an. »Es tut mir leid, dass wir so von ihnen gedacht haben«, murmelte Imke beschämt.

Paul Berger hob die Hände. »Ihr müsst euch nicht entschuldigen. Mit meinem Verhalten habe ich ja auch alles dafür getan, dass ihr so über mich denken musstet. Ich hoffe, ihr findet die Trikots und werdet am Samstag Meister.«

»Danke Herr Berger«, entgegnete Imke und schluckte schwer.

Er stand auf und sie sah, wie ein Polizist ihm Handschellen anlegte.

»Muss das sein?«, fragte sie erbost.

»Lass nur Imke. Die Leute tun ihre Pflicht.«

»Wenn Sie einen Anwalt brauchen – ich sage meinem Vater Bescheid.«

Berger nickte lächelnd. Ich werde mich bei ihm melden, wenn es hart für mich wird.«

Der Polizist führte den Jugendleiter zum Polizeiauto, in dem auch schon Leo Gehrlich saß. Er beobachtete Imke und grinste sie provozierend an.

»Für wen haben Sie unsere Trikots gestohlen«, rief Imke ihm zu.

Gehrlich hob lächelnd die Schultern.

Imke fühlte sich auf einmal müde und kraftlos. Sie drehte sich zu ihren Freundinnen um und sagte: »Ich fahre jetzt heim!«

Die beiden nickten zustimmend.

»Moment!« Kommissar Ludwig stellte sich energisch vor die drei Mädchen. »Aus ermittlungstechnischen Gründen bitte ich Euch, zunächst niemanden etwas von dem Vorfall zu erzählen!«

»Auch nicht unseren Eltern?«, fragte Tina.

»Euren Eltern werdet ihr wohl erklären müssen, warum ihr so spät nach Hause kommt. Aber sonst niemanden! Morgen um zehn Uhr erwarte ich euch mit euren Eltern auf dem Polizeipräsidium. Habt ihr mich verstanden?«

Die drei Mädchen nickten.

»Gut, dann bis morgen – und passt auf beim Heimfahren!«

Imke, Tina und Tanja schlenderten zu ihren Fahrrädern.

.»Danke«, sagte Imke. »Ich weiß, ich habe Mist gebaut!«

Ihre beiden Freundinnen nickten. »Denkst du, wir sind blöd?«, frage Tina. »Wir wussten genau, dass du etwas vorhast«.

»Naja, Tina ahnte es. Sie überzeugte mich, dass wir dich beschatten sollten. Wir sind dir dann gefolgt und Tina ist hinter dir in die Küche geschlichen. Sie hat gesehen, wie Gehrlich dich erwischt hat.«

»Zum Glück. Was er wohl mit mir angestellt hätte, wenn ihr nicht gekommen wärt? Ich will gar nicht daran denken. Aber wer war bloß die Person? Der Gehrlich hat nicht einfach so die Trikots geklaut. Er hat es für Geld getan.«

»Hast Du überhaupt keine Vorstellung, wer es sein könnte?«, fragte Tina.

Imke schüttelte verzweifelt den Kopf. Es war so stockdunkel und die Person hat kein Wort geredet. Schade, ich bin einfach zu spät gekommen.«

Tina und Tanja begleiteten Imke nach Hause. Es war bereits nach elf Uhr und ihre Eltern entsprechend besorgt.

Die drei Mädchen erzählten ihnen aufgeregt die Geschehnisse des Abends. Imkes Eltern stockte der Atem. Sie wussten nicht, ob sie ihre Tochter ausschimpfen oder in die Arme schließen sollten. Schließlich siegte die Erleichterung über den positiven Ausgang der Geschichte.

»Würdest du Paul Berger vertreten?«, fragte Imke. »Ich habe ihm gesagt, er soll dich anrufen, wenn er einen guten Anwalt braucht!«

Einen Moment zögerte Martin Strobel. »Er ist in der Sache mit verwickelt. Aber seine Gründe sind ja fast tragisch. Ich denke, dass ich ihn vertreten würde. Auf jeden Fall werde ich zivilrechtliche Schritte gegen Gehrlich einleiten«, stellte Imkes Vater klar. »Seht nur die Striemen von den Fesseln. Unfassbar. Was hat sich dieser Kerl nur dabei gedacht!«

»Was hätte er mit dir getan, wenn deine Freundinnen nicht so aufmerksam gewesen wären? Kommt her ihr zwei.« Frau Strobel nahm Tanja und Tina in den Arm. »Ich bin so froh, dass Imke euch als Freundinnen hat!«

»Wir passen schon auf Imke auf«, lächelte Tanja verlegen.

»Außerdem sind wir auch froh, so eine mutige Freundin zu haben«, ergänzte Tina.

»Mut? Übermut wohl in diesem Fall!« Martin Strobel strich Imke über das Haar. »Schade, dass du nicht erkennen konntest, wer der erste Besucher war.«

»Der war bestimmt der Auftraggeber für die Trikots. Vielleicht packt der Gehrlich ja aus«, hoffte Imke.

»Wir werden sehen. Morgen gehen wir zusammen zur Polizei.« Imkes Vater stand auf. »So Mädels, jetzt geht es aber ab nach Hause. Wir treffen uns morgen um halb zehn.«

Ein Beweis

Am nächsten Morgen standen die drei Freundinnen mit ihren Eltern im Polizeirevier von Neustadt. Kommissar Ludwig war der ermittelnde Leiter und bat die Mädchen, ihre Geschichte zu erzählen. Imke übernahm das Wort und berichtete von den gestohlenen Trikots, ihren Vermutungen, die belauschten Gespräche und schließlich von dem Abend in der Alten Scheune.

Kommissar Ludwig schüttelte zwischendurch immer wieder den Kopf.

»Das habe ich gerne. Kinder als Geheimpolizei«, schnaufte er, als Imke ihre Geschichte beendet hatte.

»Naja, sie haben sich ja um den Diebstahl nicht gekümmert«, warf Tina unbekümmert ein.

Ludwig warf ihr einen unfreundlichen Blick zu. »Immerhin, mit eurem feinen Platzwart haben wir einen dicken Fang gemacht. Illegaler Medikamentenhandel. Wir haben noch ziemlich viel in der Alten Scheune gefunden. Eigentlich sehr dumm, dass er seine Kundschaft dort auch hinbestellte. Aber er ist ein zäher Bursche. Schwierig an die Hintermänner zu kommen.« Ludwig schnaufte erneut tief.

»Hat er den Diebstahl der Trikots zugegeben?« fragte Tinas Mutter.

»Nein, natürlich nicht.«

Enttäuscht blickten sich die drei Freundinnen an. Sie hatten so gehofft, dass die Trikots in der Alten Scheune versteckt waren.

Der Kommissar sah die traurigen Gesichter und lächelte.

»Unsere Spurensicherung war heute Nacht noch sehr aktiv. Wir haben in der Alten Scheune einiges gefunden. Einen Moment bitte.«

Der Kommissar verschwand im Nebenzimmer und kam kurz danach mit einem Koffer in der Hand zurück.

Da sind die Trikots«, rief Tina begeistert.

»Der Diebstahl ist eindeutig«, erklärte Ludwig. »Aber auch hier schweigt Gehrlich wie ein Grab. Seid einfach froh, dass ihr die Trikots wiederhabt.«

»Dürfen wir sie mitnehmen«, fragte Tanja erfreut.

Der Kommissar nickt: »Fingerabdrücke haben wir genommen.«

Die drei Freundinnen lachten sich glücklich an.

»Ich hoffe, ihr habt euch an die Verabredung gehalten und von dem gestrigen Abenteuer noch nichts erzählt?«, fragte Ludwig lauernd.

»Nein, nein«, riefen alle im Chor.

»Wir hatten ja gar keine Zeit, jemanden etwas zu berichten. Aber jetzt dürfen wir?«

Ludwig kratzte sich am Kopf. »Ich kann es euch ja nicht verbieten.«

»Jetzt hat es doch alles fast ein positives Ende genommen«, stellte Imkes Mutter fest.

»Hoffentlich nimmt es für den Berger auch ein gutes Ende. Er ist ja kein schlechter Mensch«, meinte Tanjas Vater. »Wirklich schade, dass du die Person nicht sehen konntest«, wandte er sich dann an Imke.

Imke nickte betrübt.

»Dass du aber auch niesen musstest. Unglaublich.« Tanja stupste Imke grinsend an.

»Du hast Glück gehabt, dass dich der andere nicht auch gehört hat. Wer weiß, wie skrupellos dieser zu dir gewesen wäre«, meinte Tinas Mutter.

»Ja Mädel, das hätte schlimm für dich enden können«, stimmte Kommissar Ludwig zu und zum ersten Mal spürte

Imke, dass der Kriminalbeamte viel freundlicher war, als er sich bisher gegeben hatte.

»Sie sagten vorhin, dass die Spurensicherung noch einiges in der Alten Scheune gefunden hätte«, wandte sich Imke an Ludwig. »Ist irgendwas dabei, das Ihnen weiterhilft?«

»Bisher leider nicht, aber wollt ihr Euch die Sachen einmal anschauen? Vielleicht kennt ihr ja das eine oder andere wieder?«

Der Kommissar hielt den Mädchen und ihren Eltern die Tür vom Nebenzimmer auf. Auf einem Tisch lagen fein säuberlich einige Beweisstücke aneinandergereiht. Imke sah es sofort. Sie beugte sich über den Tisch und blickte wie erstarrt auf das Beweisstück, dass zwischen Tüten mit Tabletten, Zigarettenstummel, benutzte Gläser und zerknülltes Papier lag. Ihr Vater stellte sich neben seine Tochter und sah sie an: »Nun wissen wir, wer der Unbekannte in der Alten Scheune war.«

»Wer?«, fragte Ludwig.

Alle blickten gespannt auf die beiden.

»Ich glaube nicht, dass dieses Beweisstück ausreicht, um ihn zu überführen«, meinte Martin Strobel nachdenklich.

Imke nickte. »Er wird sich herauswinden. Wir müssen ihm eine Falle stellen.«

»Das wird schwer, Kleine«, entgegnete Herr Strobel und fuhr mit der Hand über ihren Kopf.

Imke starrte angestrengt vor sich hin und spürte weder diese Berührung noch bemerkte sie die Unruhe, die um sie herum aufkam.

Kommissar Ludwig sah die beiden ungeduldig an. »Könnte mir jetzt mal jemand sagen, wer der Unbekannte ist?«

»Ja«, rief Tina. »Sagt schon!«

Martin Strobel wollte gerade antworten, da rief Imke: »Ich habe eine Idee!«

Sie wandte sich an Ludwig: »Bisher weiß doch noch niemand von Gehrlichs Festnahme, oder?«

Ludwig schüttelte den Kopf.

»Kann das bis zu unserem Spiel auch so bleiben?«

Ludwig nickte. »Das können wir hinbekommen.«

Imke sah in die Runde: »Mein Plan kann nur funktionieren, wenn alle mitspielen – alle… und vor allem auch unsere Gegner.«

Entscheidung

Auch wenn die Sonne hoch am strahlend blauen Himmel stand, war es nicht so heiß, wie in den Tagen zuvor. Natürlich wäre ein Sprung ins kalte Nass angenehmer gewesen, als bei diesen Temperaturen Fußball zu spielen. Aber sicherlich hätte in diesem Moment keine der Spielerinnen tauschen wollen.

Eine halbe Stunde vor Spielbeginn liefen sich die beiden Mannschaften, jede auf ihrer Hälfte, warm. Vom äußeren Erscheinungsbild gab es große Unterschiede. Während die Neustädter Mädchen in einheitlichen Aufwärmshirts aufliefen, waren die Winkelbacherinnen kunterbunt gekleidet. Einige Mädchen wärmten sich bereits im Trikot auf, andere in ihren eigenen Trainingsshirts oder Trainingsjacken. Blicke wurden hin und her geworfen und ab und zu kam auch ein kampfeslustiger Spruch. Imke beobachtete Jürgen, den Trainer der Neustädter Mädchen und wartete auf einen günstigen Moment, ihn anzusprechen. Sie hatte Glück. Er stand an der Mittellinie und sah seiner Mannschaft beim Aufwärmen zu.

»Hallo Jürgen«, sprach sie ihn leise an.

Jürgen drehte sich überrascht um und grinste die kleine Spielerin an.

»Na Mädel, kommst du jetzt schon zu uns?«

»Nee«, lachte Imke. »Das Spiel wird erst noch gespielt. Aber ich biete dir eine Wette an! Wenn ich die verliere, komme ich nächste Saison zu euch. Interessiert?«

»Natürlich, auch wenn der Zeitpunkt etwas unpassend ist. «

»Okay! Ich bin dabei aber auf deine Fairness angewiesen. Kann ich mich darauf verlassen?«

»Klar«, nickte Jürgen. »Ich bin Sportler und daran wird es nicht scheitern.«

»Gut. Dann höre gut zu…«

Immer mehr Zuschauer fanden sich auf dem Winkelbacher Sportgelände ein.

Die Mädchen konzentrierten sich auf ihr Aufwärmprogramm und dachten dabei an Bärbels Ansprache in der Kabine. Die Trainerin fand die richtigen Worte. Sie nahm den Mädchen die Angst und gab jeder Spielerin das nötige Selbstvertrauen mit auf dem Weg. Nur Tina war ein reines Nervenbündel. Als ihre

Mitspielerinnen auf das Tor schossen, konnte sie keinen Ball festhalten.

Dafür erntete sie spöttisches Gelächter von den Zwillingen, die an der Mittellinie standen und die Torschussübungen ihrer Gegnerinnen beobachteten.

»Winkelbacher Fliegenfänger, Winkelbacher Fliegenfänger«, riefen Gunhild und Elisabeth und bogen sich vorLlachen.

Jürgen sprach ein Machtwort und schickte die beiden zurück zu ihren Mitspielerinnen.

»Ich halte heute keinen Ball«, heulte Tina und saß dabei wie ein Häufchen Elend auf dem Rasen.

»Reiß dich zusammen«, fuhr Karin sie an. »Du bist die beste Keeperin und jetzt zeige das auch!«

»Schießt faire Bälle, damit Tina Sicherheit bekommt«, sprach sie leise zu ihren Mitspielerinnen.

Die nächsten Bälle konnte Tina halten und langsam beruhigte sich ihr Nervenkostüm.

»Okay«, rief Bärbel. »Ab in die Kabine zum Umziehen.«

Die Spielerinnen zogen ihre Trikots an. Es waren die alten Siegertrikots. Noch nie war es so still in der Kabine wie in diesem Moment. Die Mädchen sahen schweigend ihre Trainerin an.

»Für uns alle ist es das erste Mal. Wir haben ein Endspiel. Hättet ihr das vor Saisonbeginn gedacht? Die Neustädter müssen Meister werden – damit rechnet jeder. Und wir? Wir können Meister werden. Da wir so nahe dran sind, sollten wir aus dem Können ein Wollen machen. Wir wollen heute gewinnen und dafür werden wir alles geben. Wenn jede von Euch alles gibt, ist ein Sieg möglich.«

Bärbel sah in lauter entschlossene Gesichter. Sie spürte förmlich die Spannung und die Nervosität, die in der Kabine herrschte.

»Okay Mädels. Jede weiß ihre Aufgabe. Spielt das Spiel eures Lebens.«

Die Mädchen sprangen auf und Karin rief:»Ihr habt Bärbel gehört. Wir geben alles!«

Alle klatschen beim herausgehen die Trainerin ab.

Imke erschrak, als sie die vielen Zuschauer sah. Ganz Winkelbach schien auf den Beinen zu sein. Sie entdeckte bekannte Gesichter und fühlte sich auf einmal völlig überfordert.

Doch dann erblickte sie *i h n* in den Zuschauerreihen. Mit einem Mal war jede Schwäche aus ihrem Körper gewichen.

Der erfahrene Schiedsrichter Friedrich Knobland aus der Nachbargemeinde Führenbüschen führte die beiden Teams unter dem Jubel und Pfeifen der zahlreichen Zuschauer auf das Feld. Mit klopfenden Herzen, verbissenen Gesichtern aber hochkonzentriert winkten die Mädchen ihren Fans zu. Die Gäste, in diesem Fall die Neustädter Spielerinnen, liefen an den Winkelbacherinnen vorbei und gaben ihnen die Hand. Neben dem üblichen »Hallo« war es heute vor allem wichtig, dabei cool und furchtlos zu wirken.

Der Schiedsrichter begrüßte die Spielführerinnen Karin und Gunhild.

»Meine Damen, es ist heute ein entscheidendes Spiel. Ihr habt ein großes Publikum. Ich will fairen Sport sehen. Meckereien und grobes Foulspiel ziehen Konsequenzen nach sich. Haben wir uns verstanden.«

Die beiden Mädchen nickten.

»Okay. Schwarz oder rot?« fragte er Gunhild und zeigte auf seine Münze.

»Schwarz.«

Er warf den Taler hoch und ließ ihn ins Gras fallen.

»Rot. Welche Seite wollt ihr?«

»Wir bleiben so stehen«, entgegnete Karin.

»Gut. Auf ein faires Spiel.«

Karin dreht sich zu ihren Mitspielerinnen um und rief: »Der TuS hat Anstoß. Auf geht's. Von Anfang an wach sein!«

Der Schiedsrichter pfiff das Spiel an.

Die Neustädter Mädchen wollten von Beginn an zeigen, dass nur sie den Platz als Sieger verlassen würden. Energisch schlugen sie den Ball nach vorne, doch Dani lief den Ball vor Elisabeth ab. Die Winkelbacherinnen taten sich in den ersten zwanzig Minuten schwer, ins Spiel zu kommen. Die Gäste setzten sie bei Ballbesitz sofort unter Druck. Als Imke einen Abschlag von Tina mit der Brust annehmen wollte, spürte sie die Kompromisslosigkeit ihrer Gegnerinnen. Humorlos sprang ihr die Gegenspielerin in den Rücken. Imke biss die Zähne zusammen. Ihr Körper schmerzte noch vom Vorabend, als sie von Leo Gehrlich rücksichtslos in die Speisekammer geworfen wurde.

Der lang gezogene Freistoß in den Straftraum erreichte Lydia, die den Ball direkt auf das Tor schoss. Doch Anja, die lange Torhüterin der Neustädterinnen, entschärfte den Ball mit einem tollen Reflex.

Aber auch Tina verstand ihr Handwerk. Ein Schuss von der Strafraumgrenze konnte sie mit den Fäusten aus dem Torwinkel boxen. Die Zuschauer klatschten begeistert.

In ihrer unwiderstehlichen Art setzte sich Imke kraftvoll gegen einige Gegenspielerinnen durch. Geschickt spielte sie den Ball zurück zur mitgelaufenen Lydia. Nur wenige Zentimeter fehlten zur Führung.

Auf der Gegenseite setzte sich Elisabeth mit einem Dribbling gegen Dani durch und flankte hoch in den Strafraum zu ihrer Zwillingsschwester. Gunhild schraubte sich hoch und köpfte unhaltbar für Tina zum 1:0 ein.

Gunhild streckte Tina die Zunge heraus und ballte vor ihr die Faust.

Tina stieß sie weg, was ihr sofort die gelbe Karte einbrachte.

»Das war erst der Anfang«, schrie Elisabeth. »Wir gewinnen nicht nur, wir vernichten euch!«

»Auf geht's Mädels«, rief Bärbel. »Kopf hoch und weiter kämpfen.«

Lydia und Imke trotteten zum Anstoß. Die Kulisse bebte. Auf der einen Seite Jubelgesänge der Gästefans, auf der anderen die Anfeuerung der Winkelbacher Zuschauer.

Rudi Dormann boxte Martin Strobel vor Begeisterung auf die Schulter. Imkes Eltern hatten sich zu ihm gestellt.

»Tja Martin, das war es schon. Eure einzige Chance wäre ein langes 0:0 gewesen. Aber ich gehe jetzt von einem lockeren 5:0 aus.«

Martin Strobel nickte betrübt. »Naja, das Spiel steht ja auch unter keinen guten Voraussetzungen für unsere Mädels.«

»Warum?«, fragte der Unternehmer. »Die gestohlenen Trikots werden doch wohl nicht als Alibi herhalten.« Er lachte dröhnend. »Allerdings, wenn ich mir die traurigen Trikots so ansehe, dann ist die Ausrede vielleicht doch legitim.«

»Nein, nein«, wiegelte Strobel ab. »Gemein war der Diebstahl schon, aber hast du denn noch nicht mitbekommen, dass der Platzwart Leo Gehrlich und der Jugendleiter Paul Berger festgenommen wurden. Imke hat dabei fleißig mitgeholfen. Ihr verdankt die Polizei die Festnahme.«

Dormann erbleichte. »Wieso denn festgenommen?« Er schaute sich um. »Stimmt, Gehrlich habe ich noch gar nicht gesehen. Was hat Imke damit zu tun?«

»Unsere Tochter war Berger und Gehrlich auf der Spur. Imke glaubte nämlich, die beiden wären am Trikotdiebstahl beteiligt. Bisher wurde ihnen aber nur illegaler Medikamentenhandel nachgewiesen.«

»Aber, aber warum sollten sie auch Trikots stehlen? Wieso Gehrlich und Berger? Was hätten sie davon?«, fragte Rudi Dormann und rieb mit den Fingern über sein Kinn.

»Paul Berger hat mit der Sache nichts zu tun. Das ist jetzt klar. Aber Gehrlich ist ein Spieler und hoch verschuldet. Wenn man so weit unten ist, klaut man sogar einer Mädchenmannschaft die Trikots, um an Geld zu kommen.«

»Heißt das ... meinst du.... es gibt einen Auftraggeber?«

»Sieht so aus. Aber jetzt kommt der Clou!«

»Der Clou?«

»Ja. Gehrlich weiß scheinbar um seine schlechte Situation und hat signalisiert, er würde auspacken.«

»Auspacken....«

»Ja, aber nur, wenn die Winkelbacher Mädchen heute verlieren. Er würde dann sozusagen als Wiedergutmachung erzählen, wo die Trikots sind und wer sein Auftraggeber war.«

»Das hat er gesagt?« fragte der Unternehmer tonlos.

»Der Gehrlich hat so einen miesen Charakter. Die Mädchen sind jetzt im Zwiespalt. Wird das Spiel gewonnen, werden sie wohl nie erfahren, wer hinter dem Diebstahl steckt. Die Trikots bleiben verschwunden. Verlieren sie, werden sie alles erfahren, aber sind um die einmalige Chance beraubt worden, Meister zu werden. Das meinte ich vorhin, dass das Spiel unter keinen guten Vorzeichen steht.«

Rudi Dormann starrte teilnahmslos vor sich hin. Er sah nicht, wie sich seine Tochter Elisabeth wieder einmal gegen die Abwehr durchsetzte und maßgerecht auf Manuela, die Neustädter Spielmacherin flankte. Die schoss den Ball volley in das obere rechte Toreck. Der Jubel der Gäste kannte keine Grenzen. Einige Winkelbacher Mädchen saßen deprimiert auf dem Rasen und ihre Fans wurden leiser.

»Komm, auf geht's Imke«, rief ihr Vater ihr aufmuntern zu und zeigte mit dem Daumen nach oben. Imke nickte und wischte sich den Schweiß von der Stirn. Dieses Ergebnis war natürlich nicht geplant. Sie klatschte in die Hände und sprach ihren Mitspielerinnen Mut zu. Es waren nur noch wenige Minuten bis zur Pause zu spielen.

»Ich befürchte, Du hast recht mit deinem Ergebnis.« Martin Strobel zuckte mit den Schultern. »Wenn schon kein Meister, dann wenigstens für die neue Saison die verlorenen Trikots zurück. Ich bin neugierig, wer der Auftraggeber war.«

Dormann schaute ihn einen Moment entgeistert an. Dann dreht er sich um und lief eilig um den Sportplatz auf die andere Seite. Dort stand der Trainer der Neustädter mit seinen Auswechselspielerinnen.

»Ich wusste gar nicht, dass du so ein exzellenter Schauspieler bist«, sagte Irene Strobel anerkennend zu ihrem Mann.

»Tja«, grinste er. »Ich wundere mich manchmal auch über mich selbst.«

Inzwischen war Rudi Dormann bei dem Mädchentrainer angekommen. Er schob ihn ein paar Schritte zur Seite und sagte mit erregter Stimme: »Wir müssen das Spiel verlieren. Tu alles, damit wir dieses Spiel verlieren!«

Jürgen sah seinen Förderer verblüfft an. Vor einer halben Stunde hatte er noch gedacht, Imke wolle ihn auf den Arm nehmen.

»Bist du verrückt, Rudi?« fragte der Trainer. »Es läuft wie am Schnürchen. Wir werden gewinnen und du sagst, wir sollen verlieren? Das kann nicht dein ernst sein.«

»Du bist der Trainer. Denk dir etwas aus. Ich gebe dir fünftausend Euro auf die Hand, wenn du so in das Spiel eingreifst, dass wir eine Niederlage erleiden.«

»Dreitausend? Das ist dir dreitausend wert?«

»Was überlegst du? Du redest doch immer von deinem großen Traum, durch die USA zu touren. Damit kannst du ihn dir erfüllen.«

Jürgen war sprachlos, denn das war eine Summe, die den Sportsgeist des Neustädter Trainers in Versuchung brachte. Aber er hatte auch noch Imkes Stimme im Ohr: *Bei dieser Wette bin ich auf deine Fairness angewiesen. Ich wette, dass noch vor der Halbzeit eine ganz wichtige Person zu dir kommt und dich bittet, dieses Spiel absichtlich zu verlieren.* Jetzt trat genau das Vorhergesagte ein und sein Gönner wedelte mit Geld herum. Er könnte seinen Traum erfüllen, mit einem Wohnmobil die Vereinigten Staaten bereisen, Zeit haben, Freiheit fühlen. Nächstes Jahr könnte er ja auch noch Meister werden.

»Jürgen, sieh zu, dass wir drei Dinger hinten reinkriegen. Nimm von mir aus meine beiden Töchter aus dem Spiel.«

Jürgen wankte, doch bevor er fiel, mischte sich jemand in das Gespräch.

»Ich habe genug gehört.«

Die beiden Männer sahen sich erschrocken um und blickten in das mürrische Gesicht eines schlanken, groß gewachsenen Mannes.

»Was erlauben Sie sich!«, schnauzte Dormann ihn an. »Wissen Sie nicht, wer ich bin?«

»Doch! Der Herr Bauunternehmer Rudolf Dormann.«

Der Mann verschränkte die Arme und fragte: »Aber Sie wissen scheinbar nicht, wer ich bin?«

Dormann kochte vor Wut. »Verdammt, wer sind Sie?«

»Kommissar Ludwig.«

»Von der Polizei?« Dormann grinste ihn unsicher an. »Ich kenne jeden Polizisten aus Neustadt und Umgebung. Aber Sie habe ich noch nie gesehen. Also wer sind Sie?«

»Mich können Sie nicht kennen. Ich bin erst seit zwei Tagen in Neustadt und gleich zu einem interessanten Fall gerufen worden.«

Dormann schaute ihn konsterniert an. »Fall, welchen Fall?«

»In dem Sie scheinbar eine Hauptrolle spielen.«

»Ich? Wovon reden Sie? Was soll das?«

»Schluss jetzt. Ich habe durch ihr Gespräch mit ihrem Trainer genug mitbekommen. Sie wollten, dass das Spiel verloren geht, damit Leo Gehrlich nicht auspackt, wer sein Auftraggeber war.« Ludwig sah Jürgen finster an. »Ich hätte eigentlich noch etwas warten sollen, um zu hören, ob Sie auf sein Angebot eingegangen wären?«

Jürgen schüttelte den Kopf. »Nein, nein, das war keine Frage.«

Der Kommissar nickte zufrieden. »Dann erwarte ich nach dem Spiel ihre Zeugenaussage. Aber jetzt lassen Sie die Mannschaft ordentlich weiterspielen. Die Meisterschaft soll doch trotz dieser Umstände wenigstens fair zu Ende gespielt werden.«

Jürgen nickte betreten und wandte sich dem Spiel zu. Inzwischen waren zwei Beamte in Zivil zu Rudi Dormann getreten.

»Herr Dormann, Sie begleiten uns zum Präsidium.«

Der Unternehmer schaute den Kommissar fassungslos an. »Wie kommen Sie auf mich?«

»Nun ja«, schmunzelte Ludwig. »nicht zu jedem Treffen sollte man mit einer Krawatte erscheinen!«

Der Schiedsrichter pfiff zur Pause. Aufmunternder und anerkennender Applaus begleitete die Mädchen in die Kabine. Imke sah aus den Augenwinkeln, wie Kommissar Ludwig und die zwei Beamten mit Rudi Dormann den Sportplatz verließen. Sie atmete erleichtert auf und rannte in die Kabine.

»Bärbel«, schrie sie. » Wir haben die gestohlenen Trikots wieder!«

Bärbel und die anderen Spielerinnen schauten sie überrascht an.

In dem Moment stand Tinas Mutter mit dem Trikotkoffer in der Kabine.

»Auf geht's Mädels, noch ist nichts verloren«, rief sie und stellte den Trikotkoffer in die Mitte.

»Was ist passiert?«, fragte Bärbel irritiert.

»Das erzählen wir später«, rief Imke aufgeregt. »Bitte, lass uns die neuen Trikots anziehen. Das ist jetzt wichtig für uns!«

Bärbel war einen Moment sprachlos. Dann nickte sie und sagte: »Ich weiß zwar nicht, was hier jetzt los ist. Aber beeilt euch mit dem Umziehen, damit ich noch ein paar Worte zum Spiel sagen kann.«

Schnell zogen die Mädchen die neuen Trikots über. Aufgeregt redeten sie durcheinander, bis Bärbel ein Machtwort sprach und Ruhe einkehrte. Die Mädchen setzten sich auf die Bank und warteten auf die Pausenansprache.

»Okay Mädels«, wir haben nicht mehr viel Zeit. Es bleiben noch 35 Minuten, um das Spiel umzubiegen. Wir können es schaffen, wenn wir an uns glauben. Jede nimmt seine Spielerin eng und zwingt sie zu Fehlern. Wir spielen jetzt Pressing, solange eure Kräfte das zulassen. Und übrigens, ihr schaut toll aus in den Trikots. Diese Dressen sind Siegerdressen«, rief sie und die Mädchen stimmten lauthals ein.

»Jetzt zeigen wir es ihnen«, rief Tina und ballte die Faust.

»Elisabeth wird nicht einen Zweikampf mehr gegen mich gewinnen«, schwor Dani.

»Wir werden jetzt alles geben«, schrie Tanja und klatschte in die Hände.

»Karin, du gehst zum Schiedsrichter und erklärst ihm, dass wir in der 2. Halbzeit mit anderen Trikots spielen. Sie sind gerade erst geliefert worden, okay?« Bärbel gab ihrer Mannschaftsführerin einen Klaps.

Die Stimmung auf dem Sportplatz war noch immer ausgezeichnet. Als die Mädchen mit den neuen Dressen aus der Kabine trabten, war es aber für einen Moment völlig still. Alle starrten gebannt und überrascht auf die plötzlich aufgetauchten Trikots. Die Winkelbacher Zuschauer fingen spontan an zu klatschen, die Neustädter Spielerinnen und Zuschauer wirkten irritiert.

»Ist das überhaupt erlaubt, mit anderen Trikots zu spielen?«, keifte Elisabeth.

Der Schiedsrichter nickte. »Das ist erlaubt.«

Am Anstoßkreis standen Lisa und Imke. Der Schiedsrichter pfiff die 2. Halbzeit an.

Entweder waren die Neustädterinnen noch so überrascht vom neuen Outfit ihrer Gegnerinnen oder einfach zu siegessicher. Imke konnte auf jeden Fall ohne große Gegenwehr durch das Mittelfeld spazieren und auch noch ungehindert in den Strafraum flanken, wo Tanja völlig ungedeckt zum Anschlusstreffer einschießen konnte.

Die vielen Zuschauer auf Winkelbacher Seite jubelten begeistert. Tanja rannte ins Tor und wollte den Ball schnell herausholen. Ein Bodycheck der Keeperin verhinderte das und Tanja fiel der Länge nach hin. Sofort rannten Spielerinnen beider Teams zu den beiden.

»Was soll das«, schrie Dani und ging zur Torfrau. Die beiden hochaufgeschossenen Mädchen standen sich Nase an Nase gegenüber. Der Schiedsrichter sprach ein Machtwort und zeigte Anja die gelbe Karte. Tanja nahm den Ball und legte ihn auf den Anstoßpunkt.

»Auf jetzt«, rief Karin und klatsche aufmunternd in die Hände.

Manuela und Gunhild standen am Anstoßkreis und kickten sich den Ball zu. Sofort setzten die Winkelbacher Mädchen nach. Sie attackierten ihre Gegenspielerinnen schon bei der Ballannahme und Neustadt konnte kaum noch konstruktive Angriffe starten. Imke und ihre Mitspielerinnen setzten Bärbels Taktik hervorragend um. Aber es kam noch nichts Zählbares dabei heraus. Die Verzweiflung wuchs mit zunehmender Spieldauer. Immer wieder scheiterten sie vor dem Tor an der guten Keeperin oder an ihren eigenen Nerven.

Nur noch wenige Minuten waren zu spielen und Neustadt ließ sich bei allen Aktionen sehr viel Zeit. Die Hitze wurde ein zusätzlicher Faktor, der gegen die

Winkelbacherinnen sprach. Die Kraft und Kondition ließen von Minute zu Minute nach.

»Zwei Tore werden sie nicht mehr schießen«, meinte Martin Strobel betrübt.

Imkes Mutter schüttelte den Kopf. »Warte ab, da passiert noch etwas. Ich habe das im Gefühl.«

Noch einmal feuerten die Fans ihre Mannschaften an.

Karin schaltete sich in das Angriffspiel ein. Elegant ließ sie zwei Spielerinnen aussteigen und passte auf die linke Seite. Dani erreichte das Leder. Elisabeth blieb stehen und verfolgte ihre Gegenspielerin nicht, so dass diese genug Zeit hatte, den Ball in den Strafraum zu spielen. Dort stand bereits Karin und drosch den Ball aus 16 Metern unhaltbar in die Maschen. Ein Aufschrei der Erleichterung ging durch die Zuschauerreihen. Karin konnte diesmal ungehindert den Ball aus dem Netz holen, weil die Keeperin lauthals mit Elisabeth haderte. Auch Jürgen mischte sich ein und machte der Dormann-Tochter große Vorwürfe.

»Schrei mich nicht so an«, schrie Elisabeth ihrem Trainer zu. »Denk daran, dass mein Vater dich bezahlt!«

Einige Zuschauer grinsten und blickten zu Jürgen hinüber. Dieser verschränkte die Arme und rief Elisabeth zu: »Mal sehen wie lange noch. Oder siehst du deinen Vater irgendwo?«

Elisabeth schaute sich überrascht um.

»Ist er nicht mehr da?«

Jürgen grinste sie nur an und sagte spöttisch »Dein Papi kann dir im Moment nicht helfen. Reiß dich die letzten Minuten zusammen, sonst nehme ich dich raus!«

Wutentbrannt drehte sie sich um und schwor sich, ihrem Trainer nach dem Spiel so richtig die Meinung zu sagen.

Friedrich Knobland schaute auf die Uhr und streckte 3 Finger in die Höhe. »Meine Damen, drei Minuten sind noch zu spielen!«

Drei Minuten sind verdammt wenig, wenn man zurückliegt und unvorstellbar lange, wenn man eine knappe Führung verteidigen muss.

Die Neustädter Mädchen konnten den Ball ein paar Stationen in den eigenen Reihen halten und somit ihre Gegnerinnen herauslocken. Ein langer Pass erreichte dann Gunhild, die alleine auf Tinas Tor zulief. Gunhild versuchte mit einem Übersteiger die Torfrau aussteigen zu lassen, doch Tina fiel auf diese Finte nicht herein und schnappte ihr den Ball vom Fuß. Die Zuschauer schrien vor Begeisterung oder Enttäuschung. Tina warf den Ball auf Imke. Diese nahm Fahrt auf und rannte durch das Mittelfeld. Zwei Gegenspielerinnen hatte sie bereits ausgetanzt, dann sah sie aus dem Augenwinkel, dass Dani in Position lief. Aus dem Fußgelenk spielte die kleine Technikerin den Ball direkt in den Lauf von Dani, die erneut ungehindert in den Strafraum einbrechen konnte. Doch Elisabeth rannte diesmal verzweifelt hinterher. In dem Moment, wo Dani zum Torschuss ansetzte, grätschte Elisabeth heran. Aber sie traf nicht den Ball, sondern die Beine ihrer Gegenspielerin. Einen Augenblick herrschte totale Stille. Alle Blicke waren gebannt auf den Schiedsrichte gerichtet. Ein langer schriller Pfiff ertönte und Friedrich Knobland zeigte auf den Elfmeterpunkt.

»Schiebung Schiebung«, schrien einige Zuschauer aus Neustadt. Aber die besonnen Fans gaben zu, dass es selten einen klareren Elfmeter gab. Die Winkelbacher Fans jubelten verhalten. Noch war der Ball nicht im Tor.

Jürgen kickte wütend gegen den Eiskoffer. Einige Neustädterinnen beschimpften Elisabeth, die wie ein Häufchen Elend auf dem Rasen saß.

Gunhild war die einzige Spielerin, die hartnäckig mit dem Schiedsrichter diskutierte und schließlich die gelbe Karte unter die Nase gehalten bekam. Dann ging sie zu ihrer Zwillingsschwester und sagte auch ihr ein paar unfreundliche Worte.

Die Winkelbacher Mädchen schauten sich ratlos an. Wer sollte die Verantwortung übernehmen. Dieser Elfmeter würde die letzte Aktion dieses Spiels sein. Entweder Hopp oder Topp, Heldin oder Unglücksrabe, Siegerin oder Loserin?

»Wenn keiner schießen will, dann hau ich das Ding rein«, sagte Karin und sah ihre Mitspielerinnen unglücklich an. Jede wusste, dass sie als Mannschaftsführerin stets bereit war, Verantwortung zu übernehmen. Aber Karin war unsicher und hatte zudem in dieser Saison den einzigen Elfmeter kläglich verschossen.

Imke atmete tief durch und sagte: »Ich schieß ihn!«

»Bist du sicher?«, fragte Tanja.

Imke nickte entschlossen. »Ich fühle mich gut und werde mein Bestes geben!«

Erleichtert umarmte Karin sie und raunte ihr zu: »Egal was jetzt passiert. Wir können total stolz auf uns sein!«

Übersetzt hieß das für Imke, keine von uns ist sauer, wenn du den Ball nicht reinhaust.

Imke nahm das runde Leder und legte ihn auf den Elfmeterpunkt. Anja kam aus dem Tor geschlendert und stellte sich vor die Schützin. Imke hielt den Blick der Keeperin stand.

»Du verschießt sowieso, Zwerg«, raunte ihr Gunhild zu.

»Du hast doch gerade so etwas wie einen Elfer verschossen«, zischte Tanja »Hättest du getroffen, wärt ihr schon Meister. Du bist die Versagerin!«

»Ruhe jetzt«, dröhnte die Stimme vom Schiedsrichter. »Keeperin, du gehst in dein Tor.«

Langsam ging Anja zurück in ihren Kasten.

Imke klopfte das Herz bis zum Hals. Aber sie konzentrierte sich nur auf den Ball und versuchte, alles andere auszublenden. Sie hörte weder die lauten Anfeuerungsrufe der Winkelbacher Fans, noch das Pfeifkonzert der Neustädter Zuschauer.

Der Schiedsrichter gab den Ball frei und Imke lief an. Sie blickte kurz auf die vom Schützen aus gesehen linke Seite und schoss den Ball dann in die andere Ecke. Sie sah, wie die Torhüterin auf diesen Trick hereinfiel und tatsächlich die falsche Ecke wählte. Der Ball war zu genau platziert. Er prallte von der Latte zurück auf die Torlinie. Einen Moment überlegte die Glückgöttin Fortuna wohl, welche Mannschaft die Meisterschaft mehr verdient hatte. Sie entschied sich für die Winkelbacher Mädchen. Der Ball trudelte hinter die Linie.

»Tooooooooor«, kam es aus unzähligen Kehlen.

Imke rannte, verfolgt von ihren Mitspielerinnen zu Bärbel und fiel ihr um den Hals. Eine riesige Spielertraube bildete sich.

Auch die Winkelbacher Fans lagen sich in den Armen. Willi Jansen, der Vorsitzende des Vereins, rieb sich verstohlen ein paar Tränen aus den Augen. Tinas Mutter stammelte immer nur, wie stolz sie auf ihre Tochter ist. Imkes Mutter weinte hemmungslos und Martin Strobel fiel vor Freude jeden um den Hals. Die Zuschauer applaudierten beiden Mannschaften für ein begeisterndes Fußballspiel.

Die meisten Neustädter Mädchen saßen heulend auf dem Rasen, während Gunhild und Anja sich heftig stritten. Elisabeth hasste alle Menschen und vor wohl sich selbst. Sie sehnte sich nach ihrem Vater, den sie aber nirgends entdecken konnte. Eigentlich hatte sie gehofft, ihre Mutter wäre da, aber die interessierte sich wesentlich mehr für einen Besuch im Kosmetikstudio oder einen ausgiebigen Einkaufsbummel, als für ein Fußballspiel ihrer Töchter.

Jürgen versuchte die Mädchen zu trösten, was sich aber als unmögliches Unterfangen herausstellte. Er selbst sehnte sich auch nach aufbauenden Worten. Zu sehr nahm ihn die Angelegenheit um Rudi Dormann mit. Vor allem musste er sich selbst hinterfragen. Was wäre gewesen, wenn der Kommissar nicht aufgetaucht wäre. Er war bereit, seine Philosophie und seine Prinzipien zu verkaufen. Aber er wusste auch, dass 5.000 Euro verdammt viel Geld waren.

Als er Imke in dem Spielerinnenknäuel entdeckte, schlenderte er zu ihr.

Auch Imke sah ihn und befreite sich von ihren Mitspielerinnen.

»He, Kleine. Glückwunsch. Tolles Spiel von euch.«

»Danke Trainer!« entgegnete Imke. »Ich habe recht gehabt und die Wette gewonnen?,« fragte sie.

Jürgen nickte »Vorhin habe ich noch herzhaft über dich gelacht. Doch jetzt bin ich fassungslos. Aber eigentlich weiß ich immer noch nicht, warum Rudi so reagiert hat!«

»Wer kann ihn verstehen? Bleib doch einfach hier bei unserer Meisterschaftsfeier. Wir grillen auf dem Sportplatz. Ich erzähle dir, was passiert ist!«

Einen Moment überlegte der Neustädter Trainer. Als Verlierer an der Meisterschaftsfeier teilzunehmen, reizte ihn nicht unbedingt. Aber vielleicht war er das der kleinen Spielerin und ihrer Mannschaft schuldig.

Deshalb sagte er: »Abgemacht. Aber erst erwartet man mich bei der Polizei.«

»Oh ja, das geht auf jeden Fall vor«, lächelte Imke und zwinkerte dem Trainer zu. »Wir sehen uns später!«

Nachdem die größten Jubelgesänge und Freudentänze vorbei waren, bestürmten die Mitspielerinnen Imke mit Fragen. Auch viele Zuschauer hatten inzwischen mitbekommen, dass Rudi Dormann mit den gestohlenen Trikots in Verbindung gebracht wurde. Die Aufregung war natürlich riesengroß und jeder wollte genaueres wissen.

Willi Jansen gab lautstark bekannt, dass Paul Berger und Leo Gehrlich am Abend vorher verhaftet wurden. Er betonte aber ausdrücklich, dass Paul Berger aus einer sehr traurigen persönlichen Notlage gehandelt hätte.

»Wir dürfen ihn nicht ausschließen, sondern weiter zu ihm halten«, appellierte er eindringlich.

»Aber was ist mit Leo Gehrlich und Rudi Dormann«, fragte jemand. »Und wie sind überhaupt die Trikots plötzlich aufgetaucht?«

»Das ist eine längere Geschichte«, rief Tina.

»Erzählt endlich!«.

Imke, Tina und Tanja berichteten abwechselnd von den Geschehnissen der vergangenen Woche. Natürlich ließen sie einige Details aus. Vor allem, das Imke sich im Hause Dormann umgesehen hatte, brauchte niemand wissen.

»Wir wollten uns doch nur auf das Spiel konzentrieren«, schimpfte Karin.

»Das haben wir doch«, entgegnete Imke. »Für uns war das die beste Vorbereitung!«

»Aber warum ist Rudi Dormann verdächtig? Du hast ihn doch in der Alten Scheune nicht erkannt!« fragte Danis Vater.

Imke grinste verschmitzt »Ich hatte wirklich keine Ahnung, wer der unbekannte Besucher war. Im Polizeirevier hat uns Kommissar Ludwig dann Beweisstücke aus der »Alten Scheune« gezeigt. Wir«, sie zeigte auf ihren Vater«, haben *sie* sofort erkannt!«

»Ja was denn«, riefen einige aufgeregt!

»Die Krawattenspange mit dem Golfschläger. Die gehörte eindeutig dem Dormann, denn es ist extra für ihn angefertigt worden!«

Willi Janssen schüttelte betrübt den Kopf. »Es ist schon traurig, dass dieser feine Herr zu solchen Handlungen fähig ist.«

»Er wollte uns mit diesem Diebstahl demoralisieren. Nicht zu fassen«, meinte Bärbel.

»Er wollte vor allem seine Hände nicht selber schmutzig machen. Leo Gehrlich war für ihn die passende Marionette. Letztlich ist Leo Täter und Opfer zugleich.« Die Worte von Willi Jansen klangen traurig. Er kannte Leo Gehrlich lange Zeit und war über die dunkle Seite des Platzwartes entsetzt.

Einen Moment herrschte eine fast gespenstische Stille auf dem Platz. Schließlich klatschte Tinas Mutter in die Hände und rief: »Genug der traurigen Worte. Jetzt wird gefeiert! Wir sind Meister!«

»Jaaaaaaaaaa«, erklang es aus vielen Kehlen.

Die Mädchen rannten in die Kabinen um sich umzuziehen.

Getränke wurden geholt, Willi Jansen heizte den Grill an und Tim betätigte sich als DJ. Fröhliche Musik erklang über den Sportplatz. Es sollte eine lange Nacht und eine unvergessliche Feier werden. Manchmal schaute sich Imke verstohlen nach Jürgen um. Doch er kam nicht mehr.

Kommissar Ludwig parkte seinen Wagen vor dem Sportplatz. Er sah die vielen Menschen, die begeistert miteinander feierten und er entdeckte Imke mittendrin. Es ärgerte ihn, wenn Kinder sich in *Erwachsenenangelegenheiten* einmischten. Aber Imke war verdammt clever für ihr Alter.

Die kleine Fußballerin war ihm tatsächlich ans Herz gewachsen. Einen Moment wollte er seinen Wunsch nachgeben und sich einfach der feiernden Menge anschließen. Ludwig seufzte tief. Man hätte ihm Fragen gestellt und er hätte Antworten geben müssen, doch die Wahrheit schmerzte. Der Anwalt von Rudi Dormann ließ keinen Zweifel daran, dass die Vorwürfe gegen seinen Mandanten haltlos waren. Das inszenierte Schauspiel stellte den Unternehmer zwar bloß, aber er würde sich herauswinden. Die Krawattenspange gehörte eindeutig Dormann. Dieser bestritt auch gar nicht, in der »Alten Scheune« gewesen zu sein. Er erklärte, dass er mit dem Gedanken spielen würde, dieses Objekt zu kaufen. Dafür müsste man es ja schließlich besichtigen. Mit Leo Gehrlich hat er sich dort natürlich nie getroffen.

Leo Gehrlich schwieg, weil er wusste, dass er einen guten Anwalt bekommen würde. Der Trainer der Neustädter Mädchen stellte die Geschichte anders dar. Ludwig hatte kurz zuvor beobachtet, wie Jürgen vor dem Polizeipräsidium von Dormanns Anwalt abgefangen wurde. Vermutlich war für Jürgen der Traum von Freiheit größer, als Fairness und Vertrauen. Auch wenn Rudi Dormann juristisch ohne Strafe aus dieser Sache herauskommen sollte. Die Geschichte von den gestohlenen Trikots war erzählt und würde noch lange in den Köpfen der Winkelbacher und Neustädter Menschen verankert sein.

Noch einmal blickte er auf die ausgelassenen Spielerinnen, die stolzen Eltern, die feiernden Winkelbacher. Dann stieg er in sein Auto und fuhr davon.

ENDE

Imkes Geschichte geht weiter:

Band 2 – Imke, Träume – Tränen - Meistercup

Kurzbeschreibung

Imke und ihre Mitspielerinnen sind völlig aus dem Häuschen. Sie erhalten eine Einladung, beim „Meistercup-Turnier" mitzuspielen. Die Siegerinnen des Turniers dürfen mit der Frauenfußball-Nationalmannschaft eine Trainingseinheit absolvieren. Während die Mädchen davon träumen, mit ihren Idolen auf dem Trainingsplatz zu stehen, kommt es in und um das Team plötzlich zu Zwischenfällen, die nicht nur die Fahrt zum Meistercup in Gefahr bringen.

Band 3 – Imke – Abseitsfalle

Kurzbeschreibung

Für die junge Fußballerin Imke erfüllt sich ein Traum. Sie wird ins Auswahlteam berufen. Andere Vereine werden auf die talentierte Spielerin aufmerksam. Doch eigentlich möchte sie beim SV Winkelbach bleiben, denn dort spielen ihre Freundinnen Tanja und Tina. Außerdem gibt es da ja noch die taffe Trainerin Bärbel, in deren Nähe Imkes Gefühle Purzelbäume schlagen.

Doch dunkle Wolken ziehen über Winkelbach. Da ist der neue Coach der Herrenmannschaft, der Bärbel das Fußball-Leben auf der Anlage erschwert. Was ist mit ihrer Freundin Tina los, die sich immer mehr verschließt? Welches Geheimnis trägt ihre Trainerin mit sich herum? Imkes Spürnase nimmt Witterung auf und dabei gerät nicht nur sie in einen Strudel von verwirrten Gefühlen und Skrupellosigkeit.

16181777R00080

Printed in Poland
by Amazon Fulfillment
Poland Sp. z o.o., Wrocław